地獄への近道

逢坂　剛

集英社文庫

目次

地獄への近道

影のない女

1

梢田威《こずえだたけし》は、斉木斉《さいきひとし》の肘をつついて、ささやいた。

「おい。向かいの女を見てみろ」

斉木は、いかにもうるさそうに肘を引き、口の隅で言った。

「とっくに見たさ。じろじろ見るんじゃない」

「あんたの好みだろうが。厚化粧に、高く結い上げたあの髪形ときたら、どう見ても昭和のファッションだぜ」

「昭和か。昭和の、いつごろだ」

「まあ、三十年代後半から、四十年代前半てとこだな」

「ばか言うな。まだ、生まれてもいないくせに」

にべもなく切って捨てられ、梢田はしぶしぶ口をつぐんだ。

二人が、新規開店したこのバーにはいってから、二十分ほどたっていた。

十席ほどのカウンターの、コの字形に曲がった両端にそれぞれ二席ずつあり、都合十四席という勘定になる。おなじみの、うなぎの寝床といった長細い店だが、御茶《おちゃ》ノ水《みず》界隈《かいわい》のバーとしては、広い方だろう。

ストゥールは背もたれのない、直径三十センチ足らずの厚い円板でできており、あまりすわり心地がよくない。スムーズに回転するせいか、安定感も今一つだ。

梢田と斉木は、入り口をはいったすぐ手前の端の席に、陣取っていた。長いカウンターは、満席だった。

見たところ、客は近所で働く勤め人がほとんどで、それぞれ勝手におしゃべりを続け、梢田たちには目も向けない。中に、女も三人ほど交じっており、にぎやかというよりうるさいほどだ。

梢田たちがはいったとき、問題の女はすでに奥の二席の壁側に一人ですわり、カクテルを飲んでいた。薄手の、オフホワイトのコートを、着たままだった。胸元から、鮮やかなピンクのブラウスが、のぞいている。

オーナーらしきバーテンは、丸顔で額が広く抜け上がった、五十がらみの男だった。両脇に残った髪をチックで固め、短く刈り込んだ口髭《くちひげ》を生やしている。

タータンチェックのベストに、蝶《ちょう》ネクタイ。ピンクのシャツの袖をたくし上げて、赤のアームバンドで留めるという、とんだしゃれ者だ。

もっとも、ずんぐりむっくりの体形のせいで、突き出た腹がカウンターの中を移動するのに、いかにも窮屈そうに見える。

このバー〈ブライトン〉は、一週間前に開いたばかりだった。

営業許可の手続きは、御茶ノ水署でキャビネットを挟んだ隣り合わせの、同じ生活安全課の保安一係が、担当したはずだ。

一係長の大西哲也《おおにしてつや》と、二係長の斉木は大昔から犬猿の仲で、互いに相手の足をすくうことしか、考えていない。

前日も、人事異動で新しく一係に配属された、何とかいう刑事が二係に挨拶に来たが、斉木も梢田も顔すら上げずに、おう、と返事を返したきりですませた。五本松小百合《ごほんまつさゆり》だけが、席を立ってていねいに挨拶を返した。

ちなみに、二人が見回りと称してここへ足を運んだのは、店が営業許可の条件に適合しているかどうかを、確かめるためだった。

もし、違反が見つかれば即刻営業停止にして、許可を出した一係の落ち度にしよう、というのが斉木のねらいなのだ。

店は、猿楽《さるがく》通り沿いの古いビルの二階にあり、階段は狭い上にはしごも顔負けの急角度で、手すりにつかまらなければのぼれなかった。

これは、火事などで避難する場合に、転落の危険を伴う恐れがあるので、文句をつける材料になる。御茶ノ水消防署がチェックしたはずだから、消防法には違反していないのだろうが、つついてみる価値はありそうだ。保安一係が何も言わなかったとすれば、かわりに指導してやることもできる。

ただし、内装にはそこそこ金をかけたらしく、周囲の壁はバーテンのチョッキと同じような、緑と赤と黄色のタータンチェック模様だ。しかも、アンティーク調の吊《つ》りランプが二つ、梁《はり》に取りつけてある。天井にはシャンデリアまがいの、ぎょうぎょうしい照明とくる。

向こう側にいる、厚化粧の女との距離はせいぜい五メートル、といったところだ。

「涼しくなったこの季節に、よくあんなに厚塗りしたもんだな。あれが田圃《たんぼ》なら、とうにひび割れしてるとこだぜ」

梢田がささやくと、斉木は唇を動かさずに応じた。

「今どきそんなことを言うと、セクハラになるからやめとけ」

「けっ。そんなせりふを、あんたの口から聞くとは、思わなかったぜ」

「聞きたくなかったら、耳の穴にらっきょうでも詰めておくんだな」

梢田は顎を引き、斉木を見返した。

「どうしたんだ。できたての水戸《みと》納豆みたいに、おつにからんでくるじゃないか」

斉木がじろり、と目を向けてくる。

「しゃれたことを、ぬかしたな。そんなせりふを、どこで仕入れたんだ」

ちょっとたじろぐ。
二、三日前同僚の五本松小百合と、斉木抜きで昼食に出たときに、教えられたのだ。
「五本松に教わったんだ」

正直に言うと、斉木はせせら笑った。

「どうせ、そんなとこだろうと思ったよ。五本松が、納豆を食ってる場面なんぞ、想像したくもないがな」

「そのとき一緒だったが、糸を引かずにちゃんとお上品に、食ってたぞ」

梢田は反論したが、斉木は少しも動じない。

「あれは、糸を引きながら食うのが、本筋だ。音を立てて、そばを食うのと同じことさ」

なるほど、とつい感心してしまう。

「あんたがそれほど食通とは、思わなかったよ」

「ばかを言え。食通は、納豆なんか食うものか」

梢田はくさって、ぐいと水割りを飲んだ。

その拍子に、向かいのカウンターに、目がもどる。

いつの間にか、女の姿が消えていた。

口の端でつぶやく。

「おい。向かいの女が、いなくなったぞ」

斉木も向かいに、目を向けた。

「トイレだろう。ついさっき、ストゥールをおりて、奥にはいったからな」

梢田はしらけた。

「なんだ。しっかり見てるじゃないか」

それに答えず、斉木は軽く眉根を寄せると、指先で頬を掻《か》いた。

「それにしても、はいってからだいぶたつな。ちょっと、長すぎるかもしれん。おれも、トイレに行きたくなった。様子を見てくる」

梢田は、ストゥールをおりようとする、斉木の腕をつかんだ。

「おい。いきなり、あけたりするなよ。ちゃんとノックするんだぞ」

斉木は返事をせず、長いカウンター席の背後を抜けて、奥へ行った。

バーテンが、あわてたように声をかける。

「トイレは、使用中ですが」

「分かってる。ドアの外で待つよ」

斉木は言い捨て、女がいた席の後ろを回って、姿が見えなくなった。その奥に、トイレのドアがあるに違いない。

バーテンは、むっとした顔でふきんを取り上げ、グラスをふき始めた。

梢田は、ピーナツをかじりながら、様子をうかがった。

水割りを飲む。かすかに、ウイスキーの味がする、氷水だった。バーテンに苦情を言って、ただにさせることができるかもしれない。

女はなかなか、席にもどらなかった。

斉木の姿も、見えなくなったままだ。

グラスをふきながら、バーテンはちらちらと横目を遣い、トイレの様子をうかがっている。

梢田は不安になり、カウンターの客を眺め渡した。

みんなおしゃべりに夢中で、だれもトイレに立つ気配がない。

もしかして、斉木が悪心を起こしてトイレに押し込み、女を相手にふらちな行為に及んだのではないか、という考えが頭をよぎった。

いや、確かに斉木は悪知恵の働く男だが、よほどのことがないかぎりそのような、無分別なまねはしないはずだ。

しかし、確かにあのけばけばしい女は斉木の好みで、分別を失わせる可能性がないではない。

梢田はストゥールを滑りおり、カウンターの端を回った。

奥へ向かうと、またバーテンが目をむき、声をかけてくる。

「すみません、トイレは」

「分かってるよ、連れが遅いから、様子を見に行くんだ」

梢田は足を止めずに、言い返した。

バーテンは、口をつぐんだ。

そのあいだも、ほかの客のおしゃべりは絶え間なく続き、だれも梢田に注意を払わなかった。

狭い通路をすり抜け、陰になった奥のトイレにたどり着く。

木のドアの羽目板に、白地に赤い字で〈W・C〉と書かれた、琺瑯《ほうろう》引きのプレートが貼ってあった。今どき珍しい表示だ。

その昔、〈W・C〉がなんの略か教わった覚えがあるが、忘れてしまった。

ドアに顔を寄せ、耳をすます。

なんの物音もしない。水の流れる音もせず、妙なあえぎ声も聞こえてこなかった。

思い切って、控えめに二度ノックしてみる。

返事はなかった。

もう一度、今度は続けざまに少し強く、四回ノックした。

やはり、なんの反応もない。

梢田は唇をなめた。これはおかしい。便器から毒ガスでも噴き出して、二人とも倒れたのではないか。

肚《はら》を決め、ドアを蹴破ろうと、一歩下がった。

しかし思い直して、念のためノブを試してみる。

すると、ドアはなんの抵抗もなく、すっと開いた。恐るおそる、中をのぞく。

蓋の閉じた便器と、小さな手洗いがついただけの狭いトイレで、どこにも人の姿はなかった。

正面の壁に貼られた、神保町《じんぼうちょう》の古本まつりのポスターが、目につくだけだ。それもとうに、期間が過ぎている。新規開店のバーにしては、いささか場違いなポスターだ。居抜きで借りたにせよ、いくらなんでも前の店の貼り残し、ということはあるまい。

一瞬わけが分からずに、梢田はぽかんと立ちすくんだまま、忙しく頭を働かせた。

どこかに、隠し部屋でもあるのではないか、と思いつく。

目を凝らして確かめたが、どこにもそれらしき仕掛けがあるようには、見えなかった。

こんな狭いスペースに、そんなものがあるとも思えない。

そのとき、ポケットで携帯電話が震えた。

あわてて取り出し、液晶画面を確かめる。

斉木だった。

「おい、どこにいるんだ」

かみつくように言うと、斉木は低い声で応じた。

「すぐに勘定して、外へ出ろ」

「いったい、どこにいるんだ。どうやって、トイレを抜け出したんだ。女はどうした」

やつぎばやに質問すると、斉木はそれを無視して続けた。

「説明してる暇はない。猿楽通りを、水道橋《すいどうばし》方面へ歩いて来い。ちゃんと、勘定を払うんだぞ。少なくとも、今夜のところはな」

二人分払わせようという魂胆だ。

「あとでちゃんと、清算してくれよな」

「ばかやろう。この緊急時に、けちなことを言うな」

言い捨てて、斉木は通話を切った。

2

梢田威は店を出て、猿楽通りを水道橋の方へ向かった。

すでに午後九時を過ぎており、人通りはほとんどない。どこかに、斉木斉の姿が見えないか、と目を凝らした。

しかし、それらしき人影はなかった。

右手の、男坂《おとこざか》につながる路地の前を、通り過ぎる。

明央《めいおう》大学の、猿楽町第二校舎の前を通り抜けたとき、握り締めた携帯電話がぶるぶる、と震えた。

斉木だった。

梢田はすぐに応じた。

「おい、どこにいるんだ。言われたとおり、水道橋の方へ歩いてるとこだが」

こもったささやき声が、返ってくる。

「女坂《おんなざか》へ向かう、入り口の角だ。曲がってすぐの、自動販売機の陰にいる。おまえは曲がらずに、角から目だけだしてのぞけ」

「女はどこだ」

「階段の下にいる。人待ち顔だ。気づかれるなよ」

「分かった」

通話を切り、歩き続ける。

ビルの灯《ひ》はほとんど消え、人影も見当たらない。

男坂の百メートルほど先に、対になった女坂の入り口がある。

坂と名がついているものの、男坂も女坂も崖上のとちの木通りに上がる、急勾配の長い階段だ。

男坂は、踊り場が一つあるものの一直線ののぼりで、かなり傾斜がきつい。頭上には、葉の落ちたマロニエの枯れ枝が、おおいかぶさっている。

女坂は、途中に二か所踊り場があり、右上から左上へと斜めに折れながら、段が続く。男坂より、いくらかは楽だが、傾斜がきついのは同じだ。

聞くところによると、江戸時代から明治、大正の末期にかけて、このあたりは急峻《きゅうしゅん》な崖のままだったらしい。

つまり、崖上と崖下の直接の行き来はできず、上がるには猿楽通りを左右どちらかへ迂回《うかい》して、別の道をたどるしかなかった、という。

それが、大正十二年の関東大震災後の復興計画で、これら二つの階段ができたそうだ。遠回りせずにすむ分、いずれかの急階段をのぼりきらなければならず、どちらが楽かはなんともいえない。

女坂の入り口に着く。

言われたとおり、梢田は角の植え込みから目だけのぞかせ、路地を見渡した。

なんの変哲もない、幅四メートルほどのアスファルトが、まっすぐに延びている。

十メートルほど先の右側に、自動販売機の明かりが頼りない光を漏らしており、その陰に斉木の黒い影が見えた。振り向く気配はない。

階段ののぼり口まで、ざっと五十メートルというところか。

のぼり口までのあいだに、街灯が二つともっている。階段上の二ヶ所の踊り場にも、それぞれ一つずつ。明かりはそれだけだ。

例の女は階段の下にいる、と斉木は言った。

しかし、そこには小さな灰色のミニバンが、階段にバンパーを接するように、背を向けて停《と》まっているだけで、女の姿はどこにも見えない。バンの陰に、身をひそめているのかもしれない。

階段も含めて、どこにも人の気配はなかった。

男坂は、両側が柵で仕切られて殺風景だが、女坂は階段の途中の左右に、マンションや小さなビルが、建っている。しかも出入り口が、踊り場にそのままつながるという、めったにないたたずまいだ。

斉木はいったい、何を待っているのだろう。

女に怪しいふしがあるのなら、職務質問をかければいいではないか。それとも、見失ったのだろうか。

それからの十分は、一時間ほどにも思える長さだった。いっそ、自動販売機まで忍んで行こうか、と肚を決めかけたとき、動きがあった。

とちの木通りのおり口から、だれかが階段をおりて来る気配がしたのだ。

ほどなく、最初の踊り場を抜けた人影が、二つ目の踊り場につながる階段に、姿を現した。

街灯にさらされたのは、ダークグリーンのブルゾンに、カーキ色のルーズパンツをはいた、小柄な男だった。赤いキャップに白のスニーカー、といういでたちだ。

階段をおりながら、男は右手に持った白いビニール袋を、くるくると振り回した。

軽い足取りで、下の踊り場までおりて来る。

そこで立ち止まり、階段の上をちらりと振り返った。

顔をもどし、今度は階段の下をのぞき込むように、首を伸ばす。やや落ち着きのない、奇妙な振る舞いだ。

斉木が振り向いて、梢田に人差し指を立ててみせた。油断するな、という合図だ。

どうやら、何かが始まりそうな気配に、梢田は気を引き締めた。

そのとき、階段の下のバンの向こう側で、人影が動いた。

シルエットから、〈ブライトン〉にいた例の女だ、と見当がつく。闇に目が慣れたせいで、オフホワイトのコートの下は黒っぽいスラックス、と分かった。

女はゆっくりと階段に近づき、踊り場に向かってのぼり始めた。下から五、六段で足を止め、踊り場にいる男に向かって、小さく手を振る。

それを見て、男が踊り場からステップしながら、おりて来た。

待ちきれなくなって、梢田は植え込みの脇を忍び足ですり抜け、自動販売機のそばに行った。

「おい。あの二人はなんだ」

梢田の問いに、斉木がささやき返す。

「たぶん、クスリの取引だ。挟み撃ちすりゃよかった」

クスリと聞いて、梢田は武者震いした。

「この階段じゃ、どだい挟み撃ちはむりだ。おれは、男をとっつかまえる。女は、あんたに任せる」

「分かった。逃がすんじゃないぞ」

斉木がすなおに応じたのは、女を任されたからだろう。

「おいきた。階段を駆け上がるのは、得意中の得意だからな」

女は、おりて来た男をその場で待ち受け、コートから右手を抜いた。

男が、手にしたビニール袋を、女に差し出す。

女は、左手でそれを受け取り、右手で何かを男に渡した。街灯の明かりが中途半端で、何を手渡したのか分からなかった。

今だとばかり、梢田は足を踏ん張った。

そのとたん、階段にほど近い右手の暗がりから、だれかが飛び出して来た。ものも言わずに、階段に向かって突進する。

茶のコートを着た、いかつい感じの男だ。

機先を制されたかたちで、梢田も斉木も一瞬出遅れた。

二人は、自動販売機の陰から飛び出し、階段に向かって猛然と駆けた。

異変に気づいた男と女が、あわてて階段を駆け上がる。

それを追って、飛び出して来た男がコートの裾をひるがえし、階段に飛び上がった。

「待て、待て」

男が声を上げるのと同時に、女は向き直って何かを振り上げた。

手にしたものを、追って来る男の頭に、叩《たた》きつける。

ぶちのめされた男は、砕けた瓶の破片らしきものと一緒に、声を上げて後ろへのけぞった。

追いついた梢田は両腕を広げ、階段から足を踏みはずした男の体を、支えようとした。

しかし重すぎて支えきれず、すぐ後ろについていた斉木の体に、まともに倒れかかる。

そのそばを、階段を飛びおりた女がかすめるように、走り抜けた。

ブルゾンの男が、一人で階段を駆け上がって行くのを、梢田は見た。

斉木がどなる。

「あいつを追え。女は、おれが引き受ける」

頭をぶちのめされた男と、その下敷きになった梢田をそのままに、斉木は女を追って横手の路地に駆け込んだ。

梢田は、上になった男の重い体を押しのけ、飛び起きた。

前のめりになりながら、ブルゾンの男を追って階段に飛び上がる。

男は、二、三段ずつ飛んで階段を駆けのぼり、たちまちとちの木通りに姿を消した。

梢田が、階段をのぼりきって左右を見渡すと、左手の歩道を駆け去る男の姿が、かろうじて見えた。

とちの木通りは、前方で中央線の線路に沿う皀角坂《さいかちざか》と合流し、左手の水道橋駅の方へおりて行く。

梢田は、反射的にあとを追って走り出したが、三十メートルも行かないうちに息が切れて、足を止めた。

膝に手をついて、少しのあいだ息を整える。男の姿は、とうに消えていた。まだ若いらしく、うらやましいほどのスピードだった。

斉木が言ったとおり、男と女はクスリの受け渡しをしたのかもしれない。だとすれば、ビニール袋の中にはクスリがはいっていた、と考えられる。

しかしそうではなく、単にコンビニで買ったクッキーを渡しただけ、ということもありうるだろう。

いや、そうに違いない。死に物狂いで、あとを追うほどのこともあるまい。そういうことにしておこう。

それにしても、横の路地から飛び出してじゃまをした男は、どこのどいつだろう。確か、ビール瓶か何かで頭をぶちのめされたようだから、救急車を呼ぶ必要があるかもしれない。

梢田は、息を鎮めながら女坂へもどり、階段をおりた。

あの男は何者だろう。正気にもどったら、締め上げてやる必要がある。

階段を降りきってまっすぐ行くと、猿楽通りに出るはずだ。

先刻、自分か斉木かどちらかがそちらへ回っていれば、そこにひそんでいたおっちょこちょいを、引き留めることができたのだ。

下の踊り場までおり、階段の下を見てあっけにとられた。

女も斉木も、どこにもいない。

それどころか、殴り倒された男の姿も、消えている。

梢田は、あわてて階段を駆けおり、猿楽通りにつながる道をすかして見た。街灯の明かりだけで、人影はない。

左手の路地をのぞいたが、そこにもだれもいない。

斉木と女はともかく、あの頭をかち割られた男は、どこに消えたのか。まさか、救急車で運ばれたはずがない。サイレンの音は聞こえなかった。

目を凝らすと、階段の下部から道路にかけて、瓶の破片らしきものが散乱している。ただ、どこにも血が流れたあとがないので、それほど強く殴られたわけではないようだ。

そのとき、携帯電話が震えた。

「逃げた男はどうした」

斉木の声だ。

「カール・ルイスそこのけに、足の速いやつだった。逃げられた」

ちっ、と舌打ちして、斉木が続ける。

「言うことが古いぞ。今、どこだ」

「女坂の、階段の下だ。例の女は、どうした」

梢田の問いに、斉木はあっさり言った。

「逃げられた。コンコルドのように、飛んで行きやがった」

「コンコルドってだれだ」

「知らなきゃ知らないでいい。それより、頭をどやされたやつはどうした」

「そいつも、いなくなった」

「いなくなった、だと」

「ああ。どうやら」

言いかける梢田を、斉木がさえぎる。

「すぐに、こっちへ来い。〈ブライトン〉のそばにいる」

「分かった」

電話を切り、路上に散らばる瓶の破片の一つを、取り上げた。

急いでその場を離れ、猿楽通りにもどる。

斉木は、〈ブライトン〉の少し手前にいた。

よく見ると、〈ブライトン〉は五階建てと四階建ての、かなり古いビルに両側を挟まれた、モルタルの建物の二階にあった。一階には、いつつぶれてもおかしくなさそうな、写植屋がはいっている。

いずれのビルも、かなり年季のはいった建物で、いずれは三つとも地上げされ、一つのビルに建て替えられそうだ。

「もどるか、〈ブライトン〉に」

梢田が言うと、斉木はおもしろくなさそうに、首を振った。

「だめだ。もう閉店しやがった」

「閉店。まだ、十時にもなってないぞ。客足の引くのが早いのか」

「そもそも、こんなとこにバーを開くのが、間違ってるんだよ」

斉木が言い捨て、梢田も同意した。

「そうだな。あんなに混んでたのが、不思議なくらいだ」

「反省がてら、どこかで飲み直そう。いい店を知らんか」

斉木の問いに、梢田は指を立てた。

「只飲《ただの》みはだめだぞ。近ごろは、チェックが厳しいからな」

それで思い出し、急いで付け加える。

「さっきの立て替え分、次の店で清算しろよな」

斉木は眉根を寄せた。

「いくらだ」

「八百八十円だ。お通し込みでな」

斉木が目をむく。

「あの、氷水にウイスキーを二、三滴垂らしたのが、八百八十円だと。ピーナツだって、たった五粒だぞ」

「あんたがせかせるから、文句を言う暇がなかったんだ」

斉木は首を振り、先に立って歩きだした。

錦華《きんか》通りと合流したところで、以前パチンコ店〈人生劇場〉があった場所の、路地裏へ回る。

焼鳥屋にはいり、軽く腹ごしらえをしながら、生ビールを飲んだ。店は若い連中で、けっこう混んでいた。

「例の女もあんたも、あの〈ブライトン〉の狭いトイレから、どうやって外へ抜け出したんだ。隠し扉があるようには、見えなかったぞ」

梢田が、待ち兼ねて問いかけると、斉木は事もなげに応じた。

「ノックしても、返事がない。ドアを押したら、鍵がかかってなかった。女の姿が見えないから、隠し戸があると直感して、壁をあちこち調べてみた。正面に、古本まつりの古いポスターが、貼ってあっただろう」

「ああ。とうに終わったやつだった」

「あれを強く押したら、奥に半畳ほどのスペースがあって、横手にくぐり戸がついてるのが見えた。そこを抜けると、隣のビルとのあいだに、狭い階段が延びてるのさ。幅五十センチ足らずのな。そこから、建物と建物の隙間の、細い通路におりられるんだ」

梢田はあきれて、首を振った。

「なんのために、そんな仕掛けを作ったんだ。まさか、非常口とは言わんだろうな」

「まあ、非日常的な出入り口、とはいえるな。古い建物だから、学生運動の連中が公安の目をかすめるために、利用したのかもしれん」

「おいおい。明央大学が、学生運動の拠点になっていたのは、遠い昭和の話だぞ」

「おまえの口から、遠い昭和などという文句は、聞きたくもないな」

梢田は、ビールを飲んだ。

「しかし、あの女はなぜそんな抜け道から、出たのかな。かえって、怪しまれるだけだろうが」

「おれたちを、腕利きのデカと見破ったんだろうな」

梢田は、笑いを噛《か》み殺した。

「あの女、女坂の階段をおりて来たやつと、ほんとにクスリのやりとりをしたのかな」

斉木はそれに答えず、ビールを飲んで言った。

「さっきの、女に殴られたおっちょこちょいだが、いなくなっていたと言ったな」

「ああ。瓶で頭をぶちのめされたら、ふつうはただじゃすまんはずだが、血が流れたあとはなかった」

そう言いながら、梢田は現場から拾ってきた瓶の破片を、ポケットから取り出した。

斉木はそれを、ためつすがめつした。

ジョッキをあけ、いきなり立ち上がる。

「行くぞ。今夜は、上がりだ」

「待て、待て。今度はあんたが払う番だぞ」

「めんどうなことを言うな。あしたまとめて、清算してやる」

斉木は言い捨て、さっさと出て行った。

3

翌朝。

梢田威が署に出ると、ファイルケースを抱えた五本松小百合が、階段をのぼろうとしていた。生活安全課のフロアは、二階にある。

小百合は、梢田を見て足を止めた。

「おはようございます。きょうは、お早いですね」

「おはよう。いつも、こんなもんだぞ」

一分でも早く、斉木斉から前夜の立て替え分を取り立てようと、早起きして来たとは言えない。

並んで階段を上がると、上から見慣れぬ男がおりて来た。

「おはようございます」

小百合が声をかけると、男も愛想よく挨拶を返す。

階段をのぼりきって、梢田は小百合に聞いた。

「だれだ、今のは。知り合いか」

「高梨《たかなし》さんですよ。高梨一郎《いちろう》さん」

「高梨一郎。どこかで見たか、聞いたかした名前だな」

小百合がにらむ。

「いやだ、もう忘れたんですか。保安一係に新しく配属された、高梨一郎巡査部長ですよ。おととい、道場で新任の配属が何人か、紹介されたじゃないですか。係長と梢田さんは、どこかへエスケープして、いませんでしたけどね」

「ああ、あのときはよんどころなく、管内視察に出ていたからな」

「あんな、朝早くにですか」

小百合は横目を遣い、さらに続けた。

「それに、高梨巡査部長は午後になってから二係に、挨拶に見えたじゃないですか。係長も梢田さんも、ああ、と言っただけで、顔も上げませんでしたよね」

梢田は、鼻の頭をこすった。

人事通達によると、高梨一郎は確か自分より三年次、下だったはずだ。そのくせ階級が上の、巡査部長というのが気に食わない。

「ええと、あのときはパソコンをチェックしていて、忙しかったからな」

「わたしが見たときは、画面に将棋のソフトが出てましたけど」

小百合は言い捨て、先に立って生活安全課のドアに向かった。

フロアにはいると、斉木斉がいつものように屑籠《くずかご》に足を踏ん張り、競馬新聞を読んでいた。以前は、デスクに靴ごと足を乗せていたのだが、どうやら課長の立花信之介《たちばなしんのすけ》に言われて、改めたらしい。

立花は以前、新米の研修で保安二係に配属されてきた男だが、れっきとしたキャリアの警察官だ。

それが、警察学校での二度目の研修を終えて、なんの因果か御茶ノ水警察署に回され、生活安全課長に就任した。

今や、立花は警部補の斉木を追い越して警部になり、直属の上司に収まったという次第だ。

研修中斉木は、まさかそのご当人が自分の上司になる、とは思わなかったらしい。そのため、立花のことをおぼっちゃまくん、などと呼んでからかったものだった。今ではつくづく、後悔しているに違いない。

梢田は、さっそく斉木に、声をかけた。

「ええと、ゆうべの経費についてだが」

最後まで聞かず、斉木は新聞をばさりと畳んで、立ち上がった。

「小会議室に来い。打ち合わせだ」

どうやら人前で、その話をされたくないらしい。

梢田はそう判断して、おとなしく戸口へ向かった。目の隅に、小百合に何かささやきかける、斉木の姿がちらりと映る。

小会議室は、六人がけのテーブルが一つ置かれただけの、手狭な部屋だ。すわるなり、梢田は言った。

「二軒合わせて、千九百円だ。消費税は、サービスしといてやる」

斉木はそれを無視して、テーブルに何か置いた。

「これが何か分かるか」

それはゆうべ、斉木に渡した瓶の破片だった。女坂の階段の下で、拾ったものだ。

「ビール瓶か何かの、かけらだろう」

「現場にビールか、それらしい液体がこぼれていたか」

ちょっと顎を引く。

記憶をたどると、現場には瓶の破片が散乱していただけで、液状のものは何もこぼれていなかった。

「言われてみると、その形跡はなかったな。たぶん、から瓶だったんだろう」

「そうだ。しかもこいつは、フェイクの瓶だ」

「フェイク」

梢田は破片を取り上げ、ためつすがめつした。

確かに、ガラスより重みがないし、割れ口もぎざぎざではなく、ざらざらしている。

見た目はガラスに近いが、よく調べれば似て非なるものだ、と分かった。

「こんなものがあるのか」

「映画や、テレビドラマの格闘シーンで、使われるやつさ。それで擬音を入れりゃ、ほんとの瓶で殴ったように見える、という寸法だ」

「ふうん」

梢田は感心した。

これなら、殴られてもたいして痛くないはずだし、めったに怪我《けが》もしないだろう。

「しかしあの女、どうしてこんなもので、殴ったのかな」

「というか、そもそもなんでそんなものを、コートに入れて持ち歩いていたかが、問題じゃないか」

斉木の言うとおりだ。

護身用なら、もっと小さくて効き目のあるスタンガンとか、ほかにいくらでも適切な得物が、あるはずだ。

斉木は、梢田の手から瓶の破片を取り上げ、むずかしい顔で続けた。

「まずは、当事者に聞いてみるのが、手っ取り早いだろうな」

「しかし、女には逃げられちまったし、すぐには無理だろう」

そのとき、ドアにノックの音がした。

梢田が返事をすると、ドアがあいて小百合が顔をのぞかせた。

「お連れしました」

中にはいり、体をずらす。

後ろからはいって来たのは、さっき階段ですれ違った一係の新任刑事、高梨巡査部長だった。

「お呼びですか」

「ああ。用があるから、呼んだんだ」

斉木は、ぶっきらぼうに応じた。

高梨が、困ったような顔をする。

「ええと、大西係長から、二係のみなさんとは、あまり関わらない方がいいと、そう言われておりまして」

角刈りにした頭をなでながら、申し訳なさそうに言った。

「その意見には、おれも賛成だ。ただ、一つだけ聞きたいことがある。すわってくれ」

斉木の口調は、相変わらずそっけない。

「はい、なんでしょう」

高梨は神妙な面持ちで、二人の向かいにすわった。

小百合はそのまま、出て行った。

さっき、斉木が小百合に何かささやいたのは、どうにかして高梨を連れて来い、ということだったに違いない。

小百合は、一階におりた高梨がフロアにもどらぬうちに、うまくすかして連れて来たらしい。

高梨がすわるなり、斉木は手にした瓶の破片をぽい、と投げ出した。

破片はテーブルの上を転がり、高梨の前まで滑っていった。

高梨は、あわててその破片を、受け止めた。

とまどった顔で、斉木を見返す。

「これは」

「ゆうべおまえが、女に頭をどやされたときの、瓶のかけらだ。怪我はなかったか」

斉木が言い、梢田はあっけにとられて、二人を見比べた。

この新任の刑事が、ゆうべ女に殴られたあの男だ、というのか。

高梨も、虚をつかれたように顎を引き、せわしなくまばたきして、唇をなめた。とっさには、言葉が出ないようだ。

それを見て、斉木が続ける。

「なんのことですかとか、身に覚えがありませんとか、とぼけてもむだだぞ。血は出なくても、頭とか首筋にいくらかは、あとが残ってるはずだ」

高梨は、困ったように首筋を掻き、口を開いた。

「ゆうべのあれは、お二人だったんですか」

そう問い返したからには、斉木の指摘をすなおに認めた、ということだ。

わけは分からなかったが、梢田は斉木に調子を合わせて言った。

「ああ、おれたちだ。せっかくの手柄を、よくもおじゃんにしてくれたな」

高梨は、梢田に目を向けた。

「お二人が、あそこにおられるとは、知りませんでした。自分はあの男女二名が、何か取引しているとにらんで、職質をかけようとしただけです」

「偶然、あの暗がりで待ち伏せしていた、とでもいうのか」

梢田がなおも追及すると、高梨は角刈りの頭をこすった。

「ええと、まあ、そんなとこです。といっても、待ち伏せしてたわけじゃなくて、ただの偶然でした。女坂をのぼろうと、通りかかっただけなんです」

梢田が口を開こうとすると、斉木はそれを押しとどめて言った。

「おまえ、御茶ノ水署に来るまでは新宿《しんじゅく》中央署の、ソタイ（組対）にいたそうだな」

驚いて、高梨の顔を見直す。

ソタイは組織犯罪対策課のことで、おもに暴力団がらみの事件を、担当する部署だ。

高梨は、照れたように頭を掻いた。

「あ、はい。クスリの取締班にいました。ゆうべのような場面にぶつかると、本能的に飛び出してしまう癖が」

斉木が、それをさえぎる。

「うちの管内に、組織暴力団の存在は確認されていない。無邪気な麻薬、覚醒剤がらみの事案も、めったに発生しない。なぜ、御茶ノ水署に来たか知らんが、こんなとこにくすぶってると、出世に差し支えるぞ」

よく言ったものだ、と梢田は笑いを嚙み殺した。

「あの女は、何者だ」

続けて斉木が突っ込むと、高梨は椅子の上で気をつけ、をした。

「は。いえ、知りません。見たこともない女でした」

「そもそも、あの女がいきなりフェイクの瓶で、おまえの頭をどやしつけるとは、何かわけがあるに違いない。白状しないと、大西に言いつけるぞ」

斉木の威《おど》しに、高梨はちょっとひるんだように見えたが、すぐに薄笑いを浮かべた。

「大西係長が、斉木係長のおっしゃることに耳を傾ける、とは思えませんが」

斉木が、ぐっと言葉を詰まらせるのが分かり、梢田はまた笑いをこらえた。

新任のくせに、二人の関係をよく承知しているのは、驚きだった。

気を取り直したように、斉木が言い返す。

「だったらおぼっちゃまくん、というか立花課長に直接報告するぞ。近ごろ、一係が許可を出した風営店で消防法、ないし消防法施行令違反の疑いがある店が、いくつか目につくとな。甘い顔をしてると、足をすくわれるぞ。行け」

「は」

高梨が、きょとんとする。

斉木はめんどくさそうに、手の甲で追い払うしぐさをした。

「行っていい、と言ってるんだよ」

あわてて立ち上がると、高梨はぺこぺこと二度頭を下げ、会議室を出て行った。

梢田は、斉木を見た。

「なんで、クスリの担当がうちの署に来たんだ」

「おれも、それが知りたいよ」

いかにも、投げやりな口調だった。

警視庁には、今や暴力団がからむ犯罪、また銃器や麻薬覚醒剤の売買、取引等の犯罪を、専門に取り締まる、組織犯罪対策部がある。

だいぶ前、刑事部の中に置かれていた、暴力団対策課を一本立ちさせ、そこへ生活安全部にあった銃器、薬物取り締まりの担当を統合して、組織犯罪対策部を発足させたのだ。

それに対応するかたちで、都下の各警察署にも組織犯罪対策課が、同じように設置された。

ただし、警察署の規模や事情によって独立の課を作らず、刑事課の中に同名の対策係として、残されたケースもある。

斉木が言ったとおり、御茶ノ水署は管内に組織暴力団が存在せず、麻薬や覚醒剤がらみの事件も、めったにない。

そのため、たび重なる組織改革にもかかわらず、独立した対策部署が存在しなかった。旧態のまま生活安全課の、大西哲也率いる保安一係が受け皿になり、その方面の事案を担当しているのだ。

「クスリ関係は、刑事課に移管すればいいじゃないか。だれがセイアン（生活安全課）の一係に、新しい担当を補強したんだ」

梢田が聞くと、斉木は鼻で笑った。

「どうせ、おぼっちゃまくんが点数を稼ぐために、申請したんだろうよ」

そのとき、突然ドアが開いた。

「だれが、何を申請したんですって」

そう言いながらはいってきたのは、当の生活安全課長の立花警部だった。

4

梢田威も斉木斉も、飛び上がって気をつけをした。

「ええと、つまり、この梢田巡査長が生活安全課に、新しいパソコンを設置するよう、申請したらどうかと言うものですから、そうした予算はないと却下したところでして」

斉木が、しどろもどろになりながら、それでもすばやく応じる。

立花信之介は、二人にすわるように手で合図して、自分も向かいに腰を下ろした。

身に覚えのない梢田も、なんとなく斉木の話に調子を合わせ、うなずいてみせる。

立花は、長身をテーブルの上にかがめて、手を組んだ。

「なるほど、梢田さんの提案にも、一理ありますね。ウィンドウズ8も、だいぶ古くなってきましたし、サービス対応が終了する前に、ウィンドウズ10にバージョンアップした方が、いいかもしれない。将棋のソフトも時代遅れになって、梢田さんも物足りないでしょう」

キャリアで、しかも直属の上司になったとはいえ、まだ若い上に研修で世話になったせいか、立花の口調は相変わらずていねいだ。

梢田が口を開く前に、斉木が割り込む。

「いや、こいつには古いソフトで十分です。毎日やってるくせに、めったに勝ったことがないんですから」

ぎこちないながら、斉木の口調もていねいになっている。立花が、目の前にいないときと比べると、雲泥の差だ。

梢田は斉木をにらみ、鼻息を荒くした。

「いや、自分は宿直で眠れないときに、ちょっと指すだけで」

言いかけるのを無視して、また斉木がしゃべりだす。

「しかし、課長。なんだって一係に、ソタイ上がりのマル暴を入れたんですか」

言葉遣いはていねいだが、口調はほとんど詰問だ。

立花は、きざなしぐさで両手を広げ、肩をすくめた。

「いや、実はさる筋から御茶ノ水署の管内で、薬物の売買取引が活発化しそうだ、との情報がはいりましてね。この街には暴力団がいないし、従来はその種の事案がほとんどなかった、と聞いています。どうやらそこに、目をつけられたらしいんです」

「だとしても、一係には新島《にいじま》とかいうベテランが、いるじゃないですか」

大西の部下、新島錠《じょう》はあと数年で定年を迎える、ベテランの部長刑事だ。

斉木によれば、幕末にアメリカの船にもぐり込み、一年がかりでボストンへ密航した、とかいう侍と同じ読みの名前らしい。ジョウという漢字だけは、別の漢字だそうだ。

新島の親はおそらく宍戸《しし ど》錠から名前を取ったに違いあるまい。

立花が、眉根を寄せる。

「新島巡査部長は、この秋に実家の都合で、依願退職する予定でしてね。高梨巡査部長は、その後任という含みなんです」

斉木が口をつぐんだので、梢田はそのすきに体を乗り出した。

「実は、ゆうべ」

とたんに、斉木が口を開く。

「事情は分かりました。高梨くんが御茶ノ水署に慣れるまで、二係もバックアップさせてもらいます」

立花は上体を引いて、腕を組んだ。

「そうしていただけると、わたしの顔も立ちます。併せて大西係長のことも、裏で支えてやってください」

名指しで、斉木のライバルをバックアップせよ、とのご託宣に梢田は少し驚いた。立花とて、二人の仲を知らないはずがないからだ。

しかしもっと驚いたのは、斉木がまんざらでもなさそうに、うなずいたことだ。

「分かりました。そのように心がけます」

立花が会議室を出て行くなり、梢田は斉木の方に向き直った。

「おい、どういうつもりだ。保安一係に手を貸すなんて、気でも違ったのか」

斉木がじろり、と見返してくる。

「ばかもの。真に受けるやつがあるか」

ほっとしながら、梢田はシャツの喉元を緩めた。

「だろうな」

生活安全課にもどると、五本松小百合の姿が見えない。

横手のホワイトボードの、小百合の欄には〈管内視察〉とだけ、書いてある。お茶でも飲みに行ったのだろう。

保安一係は、係長の大西以外の全員が、出払っていた。

大西が席を立ち、近ごろすっかり腹の出た体を揺すって、二係との仕切りのキャビネットまで、やって来る。

「うちの新人を、気安く呼びつけないでもらいたいな」

梢田が返事をせずにいると、斉木は椅子に体を投げ出して、靴を屑籠に乗せた。

「うちの署に、マル暴の仕事はないからな。せいぜい、質屋回りに精を出すよう、励ましてやったのさ」

「質屋回りだと。今どき、質屋に盗品を持ち込むやつなんか、いるものか。二年に一度回るだけでも、まだお釣りがくるってもんだ。もっぱらおまえさんたちが、さぼる口実に使ってるようだが、そろそろ変えないと笑われるぞ」

大西がうそぶくと、斉木は急に思いついたように屑籠から足をどけ、立ち上がった。

梢田に声をかける。

「おい、行くって、どこへ」

聞き返すと、斉木は指を立てて言った。

「行くぞ」

「質屋回りだ」

大西が、あきれたように首を振りながら、二人に背を向ける。

署を出ると、斉木はニコライ堂の向かいを通り過ぎ、本郷《ほんごう》通りを小川町《おがわまち》の方へくだって行った。

途中で信号を渡り、そのまま明大《めいだい》通りまで直進すると、今度は駿河台下《するがだいした》の交差点に向かった。

斉木は足が速く、梢田はついて行くのが精一杯だった。

「おい、どこへ行くつもりだ」

「ついて来りゃ分かる」

斉木は、駿河台下から靖国《やすくに》通りをどんどん西へ向かい、神保町の交差点を渡ったところで、一階に紳士服の店がある角のビルに、はいって行った。

奥に、岩波《いわなみ》ホトルという映画館の入場券売り場があり、斉木はそこでチケットを二枚買った。

「おいおい、どこへ行くんだ」

梢田の質問に答えず、そのままエレベーターホールへ回る。

ボタンを押して言った。

「これで、ゆうべの飲み代は、ちゃらだからな」

「待てよ。おれは映画なんか、見たくもないぞ」

「いいから、付き合え。いい映画だと、評判なんだ。きょうが最終日でな」

「おれは、西部劇とギャング映画しか、見ないんだよ」

斉木は来たエレベーターに、さっさと乗り込んだ。

「そんなもの、近ごろやってるわけがないだろう」

「だからここ十年、映画館に行ってないのさ」

結局昼まで、付き合わされた。

終わって外に出ると、斉木は感に堪えないという口ぶりで言った。

「いや、いい映画だった。実に、評判どおりの名作だ。おまえも、じんときたろう」

「ああ、きたとも。あの年増《としま》の女優が、最高に色っぽかった」

実のところ、半分以上は寝ていたので、筋は分からなかった。

裏口から外へ出て、さくら通りに向かおうとした。

「待て」

斉木がささやき、建物に身を寄せる。

肩越しにのぞくと、前方を横切るさくら通りを抜けて行く、高梨一郎の姿が見えた。

通り過ぎるのを待って、斉木が言う。

「あいつをつかまえて、教育的指導をしてやろうじゃないか」

「よかろう。それが、立花課長のおぼし召しだしな」

梢田はすぐに応じて、肩を力強く回した。

さくら通りに向かって、一緒に駆け出す。

高梨を追って、白山《はくさん》通りの信号の方へ向かおうとしたとき、背後からあわただしく声がかかった。

「ちょっと、すみません」

振り向くと、ストレートの髪を両肩に散らして、薄い色つきの眼鏡《めがね》をかけた女が、手招きしていた。

だれかと思ってよく見ると、それは五本松小百合だった。

振り向いた斉木が、小声で食ってかかる。

「なんだ、五本松。その格好は、なんのまねだ」

「すみません、ちょっとお話が」

「あとにしろ。おれたちは今、あいつを教育的指導しようと」

梢田が、そう言って前方に目をもどすと、高梨が白山通りの信号を渡り始めたところだった。

小百合は、向きを変えようとする梢田を引き止め、眼鏡を取って言った。

「その、高梨巡査部長のことで、お話があるんです。どこかで、お昼を食べませんか。それとも、とうに早昼をすませた、と」

「いや、飯はまだだが、おれたちは高梨に」

言いかける梢田を、斉木が押しとどめる。

「高梨の話とは、だいじな話か」

「はい、それなりに」

小百合の返事に、斉木はあっさりうなずいた。

「いいとも。それじゃ、〈しげ勘《かん》〉でも行くか」

梢田は驚いて、斉木を見直した。

「どこの店だ。おれは、聞いたことないぞ」

小百合が言う。

「〈しげ勘〉というと、以前この裏手にあったお寿司屋《すしや》さんですよね。最近、どこかへ移転した、と聞きましたけど」

「日本教育会館の地下だ。前より広くなって、内装もきれいになった」

小百合は、表情を緩めた。

「教育会館なら、すぐ近くですね」

梢田は割り込んだ。

「おいおい。昼間っから寿司とは、ぜいたくじゃないか」

「寿司は夜だけだ。そのかわり昼は、うまい刺し身定食が食える」

「刺し身定食だと」

生唾が出る。

「舌なめずりするんじゃない、貧乏人め。おごってやるから、ありがたく思え」

それを聞いて、梢田は一も二もなく賛成した。

とはいえ、斉木が自分に隠れて、そんな店にかよっていたとは、知らなかった。

「しかし、高梨の方はいいのか」

梢田が念を押すと、斉木は返事もせずに肩をゆすり、小百合と一緒にさっさと歩きだした。

5

日本教育会館は、さくら通りから雉子橋《きじばし》通りに出て左へ曲がった、少し先の左手にある。

中にある一ツ橋《ひとつばし》ホールで、たまに警視庁主催の催しが行なわれるため、梢田威も場所だけは承知している。

地下に飲食店、喫茶店がいくつかあるのも知っているが、御茶ノ水署からはかなり遠いので、わざわざ来ることはない。

せいぜい、外回りのついでに何度かもぐった程度で、顔なじみの店は一つもない。そこに、〈しげ勘〉なる寿司屋があることも、もちろん初耳だった。

ともかく、斉木斉ばかりか五本松小百合までが知っていた、となるとなんとなく穏やかではない。

地下におりて、いちばん奥まで行く。

真新しい格子戸があり、〈しげ勘〉と看板が出ていた。

中にはいると、鉤《かぎ》の手になったカウンターの中に、おやじと思われる五十がらみの、ちょび髭を生やした男がいた。

斉木の顔を見て、おやじは一瞬頬をこわばらせたあと、愛想よく笑った。

「らっしゃい」

威勢のいい挨拶だったが、声が裏返っているように聞こえた。

梢田は、そのわずか半秒ほどのあいだに、一瞬おやじの顔を泣き笑いめいた、困惑の表情がかすめたのを、見逃さなかった。

それを目にすると、斉木がこの店でどのような振る舞いをしているか、おおむね想像がつくような気がした。

おやじは、縁なしの眼鏡を押し上げた。

「お久しぶりで」

その声はすでに、ふつうのトーンにもどっていた。

白い上っ張りの胸に、〈矢藤《やとう》〉と縫い取りがしてある。おやじの名字だろう。

真新しいカウンターにはだれもおらず、テーブル席らしい仕切りの奥の方も、しんとしたままだ。

「この様子だと、移転の案内状を出してないな」

斉木が言うと、おやじは笑った。

「そんなもの、出しませんよ。常連さんはみんな、知ってますから」

五本松が割り込む。

「親方。ちょっと、込み入った話があるんですけど、奥でもいいですか」

「どうぞ、どうぞ。昼の時間が終わって、一段落したとこですから、だれもいませんよ」

斉木が、板場の後ろの壁に貼られた、定食のリストを見て言った。

「かつおだ。いつものやつだぞ」

梢田も、リストに目を向ける。

かつおの刺し身　一一〇〇円
あじのたたき　一一〇〇円　大盛り　一三〇〇円
いわしの刺し身　一一〇〇円

「よし、あじのたたきの、大盛りだ」

斉木がおごる、と言ったからには、遠慮していられない。

「五本松は、いわしのお刺し身にします」

小百合が、そう言い残してのれんをくぐり、奥にはいって行く。

梢田は、定食のリストの上の棚に、〈御茶ノ水警察署拳法部〉と白い字で書かれた、徳利《とつくり》が載っているのに気がついた。

斉木にせかされ、小百合のあとを追う。

奥のフロアには、四人掛けのテーブルが二つ並んでおり、梢田たちは奥の席に腰を落ち着けた。

「この店には、うちの会社の連中がよく来るのか」

「いや、おれたちくらいのものだ」

「じゃ、なんで徳利キープがあるんだ。だいいち、うちの会社に拳法部なんて、あったためしがないぞ」

梢田が追及すると、斉木はめんどくさそうに眉根を寄せた。

「あれはただの、おまじないだ。変な虫を、寄せつけないためのな」

「変な虫ね。しかし、おれたちの管内に、変な虫はいないはずだが」

二分とたたないうちに、定食が運ばれてきた。

待つのが嫌いな梢田は、それだけでこの店が気に入った。

あじのたたきの大盛りは、皿からこぼれ落ちそうだった。小百合の定食も、普通盛りとは思えない量だ。

斉木のかつおの刺し身は、色艶といい切り身の数といい、どうもただの定食ではない。

「さっき、いつものやつと言ってたが、いつもでないやつもあるのか」

「がたがた言うな。おれは、この店の防犯コンサルタントを、引き受けてるのさ。ただしうちは、社外アルバイトを認めてないから、コンサルタント料はもらってない」

「どこの署だって、認めてないぞ」

梢田が突っ込むと、小百合はさっさと箸を進めながら、話を始めた。

「実はけさ、高梨巡査部長はお二人が管内視察に出られたあと、三、四十分して外出しました。ボードには、防犯巡回と書いていました。それで五本松は、あとをつけたんです」

それを聞いて、斉木はじろりと小百合を見た。

「なんのためにだ」

「着任からしばらくは、高梨巡査部長から目を離さないように、と立花課長に言われたからです」

小百合の返事に、斉木は箸を止めた。

「おぼっちゃまくんの命令だと。おれは聞いてないぞ」

「係長に言うと、大西係長の目を引く恐れがある、と判断されたんでしょう。なにせ、お二人はいつもお互いの様子を、うかがい合っていらっしゃいますから」

斉木は上体を引き、かつおを食べて言った。

「まあいい。それで高梨は、どこへ行ったんだ」

「歩きで、九段下《くだんした》の少し手前にある〈トリノ〉という、広い喫茶店に行きました。それがだいたい、十一時少し過ぎです。巡査部長はその奥まった席で、先に来ていた四十歳くらいの女性と、一時間近く話し込んでいました。店に行く途中、歩きながらケータイを使いましたから、たぶんそこへ女性を呼び出したんだろう、と思います」

「どんな話をしてたか、聞こえたか」

小百合は箸を止め、軽く肩をすくめた。

「そばに行くわけにはいきませんし、内容は聞こえませんでした。ただ、いかにもひそひそ話、という感じでした」

斉木が、指を立てて聞く。

「相手は、昔ふうに髪を高く結い上げた、厚化粧の女じゃなかったか」

「いいえ。短髪で、薄く口紅を差しただけの、事務員風の女性でした。ただし制服じゃなくて、地味なグレーのスーツ姿でした」

斉木が、前夜のバーの女を頭に思い描いたことは、梢田も察しがついた。

しかし、小百合の話からすると、別の女のようだ。

「それからどうした」

斉木にうながされて、小百合が続ける。

「お昼近くになって、女性が先に出て行きました。巡査部長は席を立つ気配がなくて、ウエイトレスにサンドイッチか何か、追加注文をしたようでした。それで五本松は、相手の女性を尾行することにしました」

梢田は、さりげなく腕時計を見た。

まだ十二時半過ぎだ。女が、十二時に喫茶店を出たとしても、せいぜい三十分ほどしかたっていない。

だとすれば、小百合は間《ま》なしに女を見失うか、まかれるかしたのだろう。

それでもう一度、喫茶店へ引き返した。

そこへ、ちょうど高梨が出て来たので、あとを追った。その途中で、自分たち二人に気がついて、声をかけたという流れだろう。

斉木が何か言うより早く、小百合がまた口を開く。

「女性は、二、三分竹橋《たけばし》方面に歩いたあと、高速道路をくぐって川を渡り、千代田《ちよだ》区役所の本庁舎にはいりました」

梢田は、体を乗り出した。

「本庁舎か。まさか高梨のやつ、千代田区の職員とできてるわけじゃあるまいな」

「違います。女性がはいったのは、九段第3合同庁舎の方でした」

「クダンダイサンゴウドウチョウシャ、だと」

梢田がおうむ返しに言うと、斉木が割ってはいる。

「千代田区役所と、国の省庁の分室が同じビルに、同居してるんだよ。一階ホールはつながってるが、エレベーターホールは別だ。十階までは区役所で、会議室フロアの十一階を境に、十二階から二十三階まで、国がはいっている」

小百合が、感心したようにうなずいた。

「そのとおりです。総務省や財務省が使っています。例の女性は、そちらの方のエレベーターホールに、はいって行きました」

梢田は指を立てた。

「だとすれば、その女はIDカードを持ってる、国の職員ということだな」

「はい。警備員に、それらしきものを、見せていました。わたしも、急いで身分証明書を提示して、あとを追ったわけです。ぎりぎり、同じエレベーターに間に合いました」

小百合が一息つくと、斉木は薄笑いを浮かべた。

わけ知り顔で言う。

「それでその女は、十七階へ上がったわけだろう」

「おっしゃるとおりです」

小百合が、驚きもせずに即答したので、梢田はくさった。

「おいおい。こんにゃく問答はやめてくれ。十七階に何があるんだ」

斉木が、じろりと目を向けてくる。

「決まってるだろう。厚生労働省だ。関東信越厚生局がはいってるのさ」

そう言われて、思い出した。

「麻薬取締部か」

そこに、マトリのオフィスがあることを、すっかり忘れていた。

6

〈しげ勘〉で昼飯をとったあと。

梢田は斉木、五本松と一緒に近くの談話喫茶、〈ティシャーニ〉へ回った。

善後策を講じる、という名目でコーヒーを飲む。

もっとも、事件のことはそっちのけで、近ごろお茶の水や神保町界隈の、街の様子が変わったことを、あれこれとあげつらった。

「いちばん変化が目立つのは、すずらん通りだな。おもての靖国通りに比べて、あそこはわりと変化が緩やかだったのに、ここへきてにわかにばたばたと、動き出した。ことに、〈キッチン南海《なんかい》〉が店を閉めたのには、驚いた。例の、おれたち常連の行列がなくなっただけで、すずらん通りが急に寂しくなった気がする」

梢田がこぼすと、斉木はせせら笑った。

「ろくにはいったこともないくせに、常連風を吹かすのはやめとけ」

「おれは、行列するのが苦手だから、ここんとこ遠慮してただけさ。あんなふうに、やじ馬客が押しかけなかったころは、よく食いに行ってたんだが」

「まあ、コック長もいい年になったし、あの建物自体がかなりの年代物だった。解体、建て直しで閉店となるのも、無理はないだろう」

小百合が口をはさむ。

「でも、副コック長がもとの〈神保町花月《かげつ》〉の近くに、店名を引き継いで新規開店したから、いいじゃありませんか」

梢田は、小百合を見た。

「ほんとか。おれは、聞いてないぞ」

また斉木が、せせら笑う。

「挨拶状がくる、とでも思ったのか」

梢田は、憮然《ぶぜん》とした。

「〈神保町花月〉といえば、すぐ目の前にあった〈キッチンジロー〉も、店を閉めちまったな。あそこのメンチ&コロッケは、ここ五十年味が変わってなかったから、おれは好きだったんだが」

「おまえ、五十年前に食ったことがあるのか」

斉木に突っ込まれて、ぐっと詰まる。

「五十年前に食ったやつが、そう言っていた。おれも五十年後に、そう言ってやるつもりだ。殉職でもしないかぎりな」

斉木は三たび、せせら笑った。

「殉職した方がいいぞ。二階級特進で、警部補になれるからな。定年まで勤めても、どうせ巡査長のままだ」

むっとする。

「あんたが、昇任試験のじゃまさえしなけりゃ、おれも定年までには警部補になる」

そんなむだ話をしているうちに、たちまち時間がたってしまった。

御茶ノ水署へもどったのは、三時半過ぎだった。

五時になると、梢田は斉木に声をかけられて、一緒に署を出た。小百合はパソコンを開き、リポートらしきものをまとめていた。

外はすでに暗く、けっこう風が冷たい。コートを着て来なかったのが、悔やまれるほどだった。

「どこへ行くんだ。晩飯には、ちょっと早いだろう」

梢田の問いに、斉木がぶっきらぼうに応じる。

「〈ブライトン〉に行くんだ」

梢田は、足を止めた。

「あの女が、また来るとでも思ってるのか。きのうのきょうだし、ぜったいに来ないぞ」

「そんなことは、分かってる」

斉木が歩き続けるので、あわてて追いかける。

「それに、まだあいてないぞ。あくのは、早くても六時だろう」

「あく前に行くんだ。あのバーテンを、締め上げてやる」

明大通りから富士見坂《ふじみざか》にはいり、錦華公園を抜けて猿楽通りに出た。

「こんな時間に、来てるかな」

「新規開店して間がないし、早出してるに違いない。まだ来てないようなら、おっつけつぶれるだろう」

一階の写植屋は、明かりがついていなかった。すでに営業時間が終わったのか、そもそも店をたたんでしまったのか、分からない。

〈ブライトン〉の、妙に凝った厚手の木の扉は、閉じられていた。真鍮《しんちゅう》の取っ手にかかった、〈CLOSED〉の札が見える。

斉木が言う。

「札が出ているからには、木下《きのした》は来てるってことだ」

「だれだ、木下って」

「バーテンの名前さ。木下太郎《たろう》だ。それくらい、おまえがチェックしておくのが筋だぞ」

例のごとく、斉木は保安二係の担当業務について、常に目を光らせているようだ。

「ゆうべ帰るときに、札を掛けたままなのかもしれないな」

そう言いながら梢田は、扉の取っ手を引っ張った。すると、鍵はかかっておらず、あっさり開いた。

ライトは消えたままで、階段は真っ暗だった。最上段の、入り口のドアガラスからも、光は漏れていない。

斉木はかまわず、階段をのぼり始めた。梢田も手すりにつかまり、慎重にそのあとを追う。

のぼりきったとき、上部に切られたドアガラスの向こうで、明かりがついた。

斉木が、無造作にドアを押す。

カウンターの中で、前夜のバーテンがくるりと振り向いた。

「すみません、まだ準備中で」

そこで言葉を切り、あらためてこちらを見直す。

「じゃまするぞ。おれたちは、御茶ノ水警察署の者だ。おれは斉木、こっちは梢田。ちょっと、聞きたいことがある」

斉木が言うと、バーテンは蝶ネクタイを指先でつまみ、くるりと顎を回した。すでに、仕事用の装いに、着替えている。

「それはどうも、お世話さまです。営業許可の手続きは、もうすんでますよ。もちろん、ご存じでしょうが」

それにかまわず、斉木が続ける。

「あんたの名は、木下太郎といったな」

バーテンは、ちょっとたじろいだ。

「はい、そうですが」

そう言って、もう一度顎を回す。

梢田は、そのあとを引き取った。

「ゆうべ、おれたちがここで飲んだのは、覚えてるだろうな」

「もちろんです。刑事さんとは、存じませんでしたが」

斉木が奥に、顎をしゃくる。

「そのとき、あっちのカウンターの端に、けばい格好をした女がいただろう」

前置きなしに突っ込まれて、木下太郎は記憶をたどるように首をかしげ、ぱちぱちとまばたきした。

「ええと、はい、いたと思います」

「名前とか勤め先とか、知ってるか」

「いえ、知りません。ゆうべが初めての、お客さんですし」

斉木は、じっと木下を見つめた。

「あの女、ゆうべ途中でトイレにはいったきり、出て来なかったよな」

そう指摘されて、木下はわざとらしく天井を見上げたあと、今度は梢田に目を移した。

「さあ、それはちょっと、気がつきませんでしたが」

梢田は、口を開いた。

「その女から、勘定をもらったか」

木下が、またまばたきする。

「ええと、いえ、もらいそこねました。気がつかないうちに、出て行ったみたいで」

すかさず、斉木が割り込んだ。

「すると、おれがいなくなったのも、気がつかなかったわけか」

木下は、ちらりと梢田を見た。

「というか、お勘定は梢田さんでしたか、そちらの刑事さんから、まとめていただきましたので、こちらのもうおひとかたは、一足先に出て行かれた、と思いましたが」

すらすらと、言い抜ける。

梢田は、カウンターに肘をついて、体を乗り出した。

「とぼけるのも、いいかげんにしとけよ。ここのトイレに、外へ抜けられる隠し戸があることは、お見通しなんだ」

　木下が、芝居がかったしぐさで、のけぞる。

「ま、まさか」

　梢田は体を起こし、木下に指を立ててみせた。

「それじゃ、証明してやろう。おれはトイレに行って、三分後にこのドアからもう一度、はいって来る。そうしたら、店中の酒を全部ただで、飲ませるか」

　木下が、薄笑いを浮かべて、うなずく。

「ようがす」

　急に、ようがすと口調が変わったので、梢田はめんくらった。

「よし。あとで、ほえづらかくなよ」

　そう言いつつ、いくらか不安になって、斉木を見る。

　斉木は、おまえに任せると言いたげに、うなずいた。

　梢田は狭い通路を抜け、トイレに行った。

　ドアをあけると、開店前だからか、真っ暗だった。壁を探り、スイッチを押して、ライトをつける。

　便器の後ろの壁に、例の古本まつりの古いポスターが、貼ってある。裏側に、隠し戸のようなものが、あるはずだ。

梢田は身を乗り出し、ポスターの上からその壁を、押してみた。

わずかに、へこんだような気もしたが、開きはしなかった。

床に足を踏ん張り、今度は力を込めて押す。手ざわりや手ごたえから、石膏《せっこう》ボードらしいと分かったが、とにかく壁は開かなかった。

斉木によれば、その壁を押すと奥に半畳ほどのスペースがあり、外へ抜けるくぐり戸がついている、とのことだった。

それにしても、肝腎の壁が開かないことには、確かめようがない。さすがに、無理やりたたき割るのは、はばかられた。

どこかに取っ手か、隠しボタンがあるのではないかと、あちこち指先で探り回ったが、見つからなかった。焦ったせいで、ひたいに汗が噴き出す。

それを手の甲でぬぐい、梢田はトイレを出た。

カウンターにもどると、水割りらしいグラスが二つ出され、そのうちの一つを斉木が飲んでいた。

斉木が梢田を見て、どうした、という顔をする。

「あんたが行って、確かめてくれ。おれが調べても、見つかりそうにない」

仏頂づらで言うと、斉木は少し考えてからストゥールをおり、黙ってトイレに行った。

梢田は、代わってストゥールによじのぼり、木下を見た。

「なんだ、このグラスは」

木下が、きざに肩をすくめる。

「ただの水割りですよ。ご挨拶がわりに、どうぞ」

「酒はなんだ。バランタインの、三十年ものか」

知っているうちで、いちばん高いウイスキーの名を出すと、木下はにっと笑った。

「そういうお酒は、水割りには向かないんですよ、お客さん」

こばかにしたような口調に、かりかりする。

刑事と知りながら、ぬけぬけとお客さんなどと呼ぶのは、どういう了見だ。

梢田は気分を害して、がぶりと一口飲んだ。

前夜と違って、やけに濃い水割りだったので、むせそうになる。

咳払《せきばら》いをしたとき、斉木がもどって来た。

木下をにらんで言う。

「ポスターの裏の隠し戸を、ボンドか何かでふさいだな」

斉木の指摘に、梢田はやはりそうかと納得して、一緒に木下をにらみつけた。

木下が両腕を広げ、大まじめな顔で応じる。

「隠し戸だなんて、とんでもない。ゆうべ閉店したあと、あの壁を押したり叩いたりしたところ、妙にぼこぼこするんですよ。それで調べてみると、中が空洞になってましてね。つまり、壁芯がはいってなかった。この建物を、最初に建てたやつが金をけちって、芯を入れなかったんですね、きっと」

あまりにしらじらしい返事に、梢田は調子を合わせて言った。

「そこで、外階段の方の壁も調べてみたら、同じようにぼこぼこする。しかたなく、そっちの隠し戸もふさいじまった、というわけか」

木下が、しれっとしてうなずく。

「いや、まったく、おっしゃるとおりです。なんなら外へ回って、調べてもらってもいいですよ」

あっけらかんとした返事に、さすがに梢田も堪忍袋の緒が切れて、カウンターによじのぼろうとした。

すると、斉木がぐいと肩をつかんで、引き留める。

「まあまあ、落ち着け。安普請らしいから、うっかり乗るとカウンターがつぶれるぞ」

梢田は危うく思いとどまり、目の前のグラスをつかんだ。

水割りを飲み干し、木下に指を突きつける。

「風俗店が、店の構造や設備を増築したり、改築したりするときはだな、公安委員会の承認が必要だ。無届けでやれば、風営法違反になる。それくらい、知ってるだろう」

詰め寄ると、木下より先に斉木が驚いた顔で、梢田を見る。

梢田はさりげなく、斉木に声をかけた。

「どうした。間違ったことを言ったか」

斉木が珍しく、いかにも見直したという目つきで、首を振る。

「いや、間違ってない。そのとおりだ」

それから木下に目をもどし、梢田の質問のあとを続けた。

「どうなんだ、木下。きのうのきょうじゃ、届けを出す暇はなかったはずだぞ」

そう詰め寄られて、木下は時間稼ぎをするように、手近のグラスをわざとらしく、ふき始めた。

「まさか、その程度で届け出が必要とは、思いませんでした。壁の空洞をふさぐのは、テーブルや椅子を交換したり、壁紙を張り替えたりするのと、同じでしょう。現に、業者なんか入れずに、あたしが一人で今日の昼間、やったんです。簡単な修理修繕の一種だし、増改築には当たらない、と思いますがね」

木下の言うとおりだったが、梢田はなおも食い下がった。

「しかし、少なくとも営業許可を申請したとき、トイレからも店に出入りできることを、申告しなかったよな」

「しかたないでしょう、あたしも知らなかったんですから」

そう言われると、あとが続かなくなる。

梢田が黙り込むと、斉木は口を開いた。

「いちおう、この一件は保安一係に、報告しておくからな」

むろん、単なる威しだ。

木下は何も言わずに、肩をすくめるようなしぐさをした。

梢田は名刺を取り出し、カウンターに滑らせた。

「例の女がまた現れたら、かならずおれのケータイに、電話するんだ。忘れるんじゃないぞ」

「はいはい、忘れずに連絡しますよ」

調子のよいその返事に、連絡してくる気がないと分かって、グラスを投げつけたくなった。

それをぐっとこらえ、そのグラスを指ではじく。

「おれたちは、何も注文しなかったからな」

木下はすかさず、斉木の方に目玉を動かした。

「でもこちらさんが、喉が渇いたとおっしゃったんで」

斉木が、眉をぴくりとさせ、早口で言い返す。

「おれが、喉が渇いたと言ったときは、アードベッグを出せという意味だ。こんな、まずい水が飲めるか」

木下が何も言わないうちに、梢田は斉木の肘をつかんで、店から引っ張り出した。

階段をおりながら聞く。

「アードベッグって、なんだ」

「焼酎しか飲まんやつには、用のない酒だ」

外に出ると、梢田は念のため建物の横手に回り、細い通路を奥へはいった。

木下が言ったとおり、階段の上のくぐり戸は何かでふさがれ、あかなくなっていた。

署へ向かいながら、斉木が言う。

「おまえ、店の増築や改装に許可がいることを、よく覚えてたじゃないか」

「あたりまえだ。保安担当の常識だからな」

「けっこう。この調子だと、今度の巡査部長の昇任試験は、合格間違いなしだな」

「あんたが、じゃまさえしなければな」

実のところ、増改築のくだりは二、三日前に試験に備えて、久しぶりに復習した風営法で、確認したばかりだった。

7

翌日の夜。

梢田威は、宿直当番の斉木斉に無理じいされ、賭け将棋の相手を務めるはめになった。手当なしの、時間外勤務のようなものだから、せめて勝たなければやっていられない。

賭け金は一局あたり千円で、おおむね勝ったり負けたりの、好敵手同士だ。ただし、盤面から気をそらすと、斉木がこちらの目を盗んで、駒の位置を変える恐れがある。したがって、気が抜けない。

帰宅する五本松小百合と一緒に、三人で御茶ノ水駅前の中華料理店へ、晩飯を食いに出る。

食事を終えたあと、梢田と斉木はすぐに署にもどり、一階の宿直室で盤面に向かった。縁台将棋にしては珍しく、好手の応酬が相次ぐ白兵戦になる。梢田も斉木も、ひたいを突き合わせて、互いに長考に及んだ。

ようやく、梢田は１三香と打って、斉木の玉将を２一へ追い落とした。持ち駒はなくなったが、３一の角と５一の飛車が、にらみをきかせている。詰みがありそうだ。

４二角成りとして、空き王手をかけるか。

香車を1一に成り捨て、それから1三角成りとするか。すると、斉木は自陣の3二金を頼りに、3一に合駒《あいごま》をしてくるだろう。桂馬《けいま》か、香車か。

そこまで考えたとき、突然ワイシャツの胸ポケットで、着信音が鳴り出した。

「くそ」

ののしりながら、携帯電話を引っ張り出して、通話ボタンを押す。盤面に目をもどしながら、返事をした。

「もしもし、梢田だ」

「きのうはどうも。木下ですが」

「木下。どちらの木下さん」

「〈ブライトン〉の木下です」

梢田は、あわてて背筋を伸ばした。

「おう、あんたか。なんの用だ」

「なんの用だ、はないでしょう。電話しろって、言ったじゃないですか」

それで思い出した。

「そ、そうか。例の女が、現れたのか」

前夜の対応から、木下がまさかほんとうに連絡してくる、とは思わなかった。

「そうです。あたしは今、トイレからかけてるんですがね」

「よし。ちょ、ちょっと待て。何をしやがる」

梢田は、携帯電話を耳からどかして、斉木をさえぎろうとした。

しかし時すでに遅く、斉木は盤上の駒をぐしゃぐしゃに、崩してしまった。

にやにやしながら言う。

「将棋をやってる場合か。すぐに〈ブライトン〉に行くんだ」

梢田はぷりぷりしながら、携帯電話を耳に当て直した。

「おれたちが行くまで、女を引き留めといてくれ。少なくとも、あと三十分はな」

「分かりました。なんでしたら、外で見張っててください。女が出るときは、店の明かりを一秒だけ消して、合図しますから」

それを聞くや、梢田はすばやく通話を切り、斉木に食ってかかった。

「汚ないぞ。あと三手か四手で、詰んでたんだ。分かってたろうが」

「角が成り返るのは分かっていたが、どこへ成り返ってもおれは3一に、香車で合駒をする。おまえは持ち駒がないから、そこまででおしまいだ」

どうでも、負けを認めようとしない斉木に、梢田は指を突きつけた。

「2二じゃなくて、いきなり玉頭の2二に成り返る、という手もあった。それを検討しようと」

みなまで言わせず、斉木は椅子にすわったまま背伸びをした。

「ま、引き分けがいいとこだな。それより木下が、せっかく電話をくれたんだ。さっさと行ってこい」

思わず、顔を見直す。

「行ってこいって、あんたも行くんじゃないのか」

斉木はそっくり返ったまま、首の後ろで手を組んだ。

「おまえに任せるよ」

「将棋に負けたからって、そりゃないだろう」

苦情を言うと、斉木は大あくびをした。

「知ってのとおり、おれは宿直だ。大事件が起きたら、おれが引き受ける。おまえは、その女と酒でも飲んでこい」

梢田は、頭にきて席を立ち、コートを着込んだ。

「どっちにしても、今のはおれの勝ちだ。あした、千円払ってもらうからな」

そのまま、宿直室を飛び出す。

御茶ノ水署から猿楽通りまで、速足で歩いてもたっぷり十分はかかる。

駅前通りから、そのまま明大通りの信号を越え、とちの木通りを目指すことにした。

男坂をくだって、猿楽通りを少し左へ歩けば、〈ブライトン〉だ。

棋譜が頭によみがえる。

玉頭に、角を成り返って捨てれば、1一飛車成りで詰んでいたのではないか。いや、確かに詰んでいた。

ののしりながら、小走りを交えて急ぎ足で歩く。午後八時過ぎで、駅前はまだ人通りが多い。

それにしても、例の女がまたまた、しかもこれほど間なしに、姿を現すとは思わなかった。よほど能天気なのか、それともなめてかかっているのか、どちらにせよ業腹な女だ。

かえで通りを直進し、左に折れてとちの木通りにはいると、めっきり人通りが少なくなった。

あまり急いだので、男坂をおり始めたときはさすがに足が震え、危うく階段を踏みはずすところだった。

猿楽通りを左に曲がり、〈ブライトン〉に向かう。

このあたりに来ると、もう人通りがほとんど途絶えてしまった。ときどき、車が行き来するだけだ。

足を止めて、〈ブライトン〉を斜めに見渡せる、十字路の角の建物に身を隠す。あたりに目を配ったが、あきれるほど人影がない。

〈ブライトン〉がはいった、小さな建物の二階の壁から、ほの暗い明かりがぼんやりと三つ、漏れている。

そういえば〈ブライトン〉の、カウンター席の背後の梁の上に、申し訳程度に小窓が二つか三つ、切られていたのを思い出した。確か、濃いめの色つきガラスの窓で、派手な壁紙と紛れたせいか、ほとんど忘れていたのだ。

木下は、女が出るときは一秒だけ消灯する、と言った。

しかし、たった一秒ではまばたきしたときに、見落とす恐れがある。なんとなく、不安になった。

いや、合図を当てにするまでもない。このあいだのいでたちなら、見過ごす心配はまずないだろう。

見張るあいだにも、通りの左右に目を配る。

またぞろ、高梨一郎が姿を現すのではないか、と不安になった。実際、ありえないことではない、という気がする。

しかし高梨どころか、人っ子一人見当たらなかった。

九時まであと七分というとき、例の小窓の明かりが消えた。一瞬まばたきと重なり、あわてて目を凝らす。

明かりはもはや、点滅しなかった。

すると、一分もしないうちに木の扉が開いて、人影が一つ出て来た。体つきからして、女だと分かる。

しかし、その女は一昨夜とはまるで異なる、カジュアルな格好をしていた。

金茶色に染めて、たてがみのように盛り上げた、もじゃもじゃの髪。

体にぴったりした、黒の革ジャン。

細身の、洗いざらしのジーンズ。

真っ白なスニーカー。

化粧は、夜目にもはっきり分かるほど、濃い。

真っ青なマスカラに、真紅の口紅が街灯の下に、浮き上がる。

梢田は、かすかに記憶をくすぐられる気がしたが、まさかという思いでそれを打ち消した。

どちらにせよ、通りを挟んで遠目に見る限り、一昨夜と同じ女かどうかは、分からなかった。この分では、すぐそばで顔を突き合わせても、見分けられないかもしれない。

とはいえ、いちばん近くにいた木下太郎が、前々日と同じ女だと判断して、連絡をよこしたのだ。信じるほかはない。

もし人違いなら、あとでとっちめてやる。

女が、前回と同じ方向に歩きだすのを確かめ、反対側の歩道に沿ってあとを追った。

今夜もやはり、女坂へ向かうのか。そして何者かと、もう一度クスリらしきものを、やりとりするのか。

だとすれば、またぞろ高梨がその近辺にひそんで、つごうよく飛び出して来る、という可能性もある。なんとなく、いやな予感がした。

ほどなく、女は手前の男坂の入り口に、差しかかった。

と思う間もなく、くるりとその角を曲がって、姿を消す。

今夜の取引は女坂ではなく、さっきくだったばかりの男坂の方、ときたか。

人影がないのを確かめ、梢田は足音を立てないように小走りに、通りを渡った。

入り口から、片目を出してのぞく。

女は、まっすぐ上へ延びる男坂の急階段に向かって、すたすたと歩いて行く。階段までの距離は、女坂と同じく五十メートルほどだ。

ただしこの道には、横からつながる路地や通路がない。街灯は、二か所にあって明るいから、隠れるとすれば左右に建つ建物の、入り口の目隠しくらいだ。

梢田は、建物沿いに暗がりを忍び歩いて、階段の二十メートルほど手前の、コンクリートの目隠しに、移動した。

ほかにひとけはないが、さすがに冷や汗が出てくる。女は振り返りもせず、なおもすたすたと歩いて行く。

梢田は息をこらし、目隠しの陰から様子をうかがった。

女は、階段の下まで行ったところで、足を止めた。腕時計を見るしぐさをする。

階段の両側は柵で、簡単に乗り越えられる高さではない。階段は直線だが、中ほどの踊り場から上は樹木がかぶさり、視界がふさがれている。どこにも人影はない。

と見る間に、樹木の枝のあいだから二本の足がのぞき、だれかが階段をおりて来る気配がした。

街灯の光は遠すぎ、はっきりとは見えない。しかし、暗い色の格子縞《こうしじま》のジャケット、黒か紺のパンツといういでたちは、男に間違いないだろう。

男は踊り場で足を止め、階段の下の様子をうかがった。前回の男より、かなり大柄だ。

女がそれに応じて、さりげなく右手を肩のあたりまで、上げてみせる。

そのしぐさを見て、男は右手をジャケットの内側に突っ込み、踊り場からおり始めた。

女が、前回と同じように階段を数段のぼって、男を待ち受ける。

男は内ポケットから、灰色のビニール袋らしきものを、引っ張り出した。

女も、革ジャンのポケットから、たたんだ札束のようなものを取り出し、男に手渡す。

男は引き換えに、手にしたビニール袋を、女に差し出した。女は、左手でそれを受け取り、すばやくポケットに入れた。

男が向きを変えて、階段をもどろうとする。

その瞬間、女はすばやく男の肘をとらえた。

男が振り向くより早く、その腕をかつぐようにして、女が体を沈める。

男は、もののみごとに宙を舞って、真っ逆さまに階段の下のアスファルトに、叩きつけられた。苦痛の声を上げ、わずかにもがくのが見えたが、それきり動かなくなる。

とっさのことに、梢田はわれを忘れて目隠しから、飛び出した。つんのめりながら、階段へ突進する。

女は革ジャンから、受け取ったビニール袋を引っ張り出し、気を失った男のジャケットの上に、ほうり投げた。

それから、身をひるがえすなり猛烈な勢いで、階段を駆け上がる。

「待て」

梢田はどなったが、倒れた男のそばに駆けつけたときには、女の黒い影は飛ぶように遠ざかり、とちの木通りに消えていた。

そのとき、背後から声がかかった。

「やりましたね、梢田さん。おみごとです」

振り向くと、高梨一郎がにこにこしながら、そこに立っていた。

8

翌日の昼前。

梢田威は、小会議室で斉木斉とお茶を飲みながら、寝不足の頭を必死に働かせていた。

宿直の斉木は、本来なら明け番のはずだったが、前夜の騒ぎで休みを返上するはめになった。

「何度でも言うが、あの戸塚《とつか》とかいう男をやっつけたのは、残念ながらおれじゃない。あの女なんだ。おれだ、と言いたいところだが、嘘《うそ》はつけないからな」

梢田が正直に繰り返すと、斉木は不機嫌そうに腕を組んだ。

「そう言われてもなあ。とにかく、高梨が現場に駆けつけたときには、おまえと戸塚だけしか、いなかったんだろうが」

女にやられた男は、所持していた身分証明書から、近くの茗渓《めいけい》予備校で化学の講座を持つ、戸塚康秋《やすあき》なる人物と分かった。

自供によると、戸塚は個人輸入した無許可の睡眠薬、精神安定剤を自分で調合し、違法の危険ドラッグを製造していた、という。それを、一年ほど前から予備校生に売り始め、そのあげく最近はプロの売人にまで、流すようになったらしい。

梢田は言い返した。

「それは、女が逃げちまったあとで、高梨が現れたからだ。だいいち、高梨のやつがあのタイミングで、偶然あそこにやって来るなんて話が、信用できるか。高梨と、例のマトリの女が示し合わせて、おれたちを利用しやがったんだ。あの女は、高梨がこっそり会ってたとかいう、マトリの捜査員に違いないよ」

斉木は肩をすくめた。

「しかし、高梨がおまえの手柄だと言うんだから、しょうがないだろう」

そのように決めつけられると、それ以上反論できなくなる。

梢田はお茶を飲み、椅子の背にもたれた。

「いちおう、戸塚にワッパをかけたという意味では、おれの手柄に違いない。しかし、その戸塚をなんで保一（保安一係）に、引き渡さなきゃならないんだ。おれの手柄なら、二係で扱ってしかるべきだろう。あんたは、あの大西係長に手柄を横取りされて、平気なのか。いつもの、あんたらしくないぞ」

そうけしかけると、斉木もさすがに憮然とした表情で、お茶を飲んだ。

「しかし、それがおぼっちゃまくんの方針なら、文句を言っても始まらんよ」

前夜、証拠の危険ドラッグと戸塚を確保したあと、梢田は宿直の斉木に電話して、パトカーの出動を要請した。

高梨一郎と二人で、戸塚を御茶ノ水署に連行するあいだに、斉木は生活安全課長の立花信之介に、電話連絡したらしい。

立花は、そのとき学生時代の友人と、新橋《しんばし》で会食中だったそうだが、間なしに署へもどって来た。

報告を受けたあと、立花は斉木を小会議室に連れ込み、しばらく話し込んでいた。

その結果、この一件を保安一係の高梨の扱いにする、と言われたそうだ。少なくとも梢田は、そう聞かされた。

もっとも、斉木がそれをおとなしく受け入れた、というのは納得できなかった。

あるいは、木下太郎から連絡があったとき、劣勢だった将棋を勝手に崩し、梢田一人に処理を任せたことで、負い目があったのかもしれない。

しかし、それならなおさら梢田の手柄を、保安一係に譲ったりしないはずだ。

梢田は、椅子から体を起こして、テーブルに肘をついた。

「考えてみりゃ、ゆうべまたまた取引現場に、高梨がのこのこ姿を現したのが、どだいおかしいよな。もしかすると、おれたちは保一の連中の陰謀の片棒を、かつがされたんじゃないのか」

斉木は、組んでいた腕をほどいて、薄笑いを浮かべた。

「その、連中というのが保一だけなら、おれも黙っちゃいないさ」

梢田は斉木の顔を、つくづくと見直した。

「保一のほかに、マトリの女がからんでるからか。高梨が密会していた、とかいう」

「ゆうべの女が、五本松の見たマトリの女だ、という証拠は何もないぞ。それに、ゆうべの女と前回のけばい女が、同一人物だと断言する根拠もない。たとえ、背格好や体つきが似ていても、それだけじゃ証拠にならんだろう」

「マトリかどうかはともかく、前回の女と今回の女は、同一人物に違いないぞ。店で相手をした、木下が見破ったんだからな」

梢田が言いつのると、斉木はしぶとく首を振った。

「木下も、二人の素顔を見たわけじゃあるまい。せいぜい、似ていると思っただけかもしれん」

「どっちの女も、女坂と男坂の違いがあるだけで、そっくり同じ取引をしたんだ。相手の男は違ったが、まるで判で押したようなやり方じゃないか」

「しかし、前回は女が高梨をどやしつけて、相手を逃がした。今回は、逆に相手を投げ飛ばして、自分だけ逃げた。しかも、受け取ったクスリをそいつの上に、投げ捨ててな。おまえ、ないしは高梨に、わざと逮捕させたわけだ」

斉木の指摘に、梢田も首をひねった。

「確かにおれも、そこがおかしいと思う。あの女、なんで今度は自分だけ、逃げ出したのか。それに、くどいようだが、なんでまたあそこに、高梨が現れたのか。分からんことだらけだ」

斉木は、お茶を飲み干した。

考えながら言う。

「前回、女坂にやって来た若造は、たぶん様子を見るための、使い走りだろう。おそらくはマトリ、ないし警察のおとり捜査だった場合に備えて、戸塚もおとりを差し向けたに違いない。最初の若造が持って来たのは、たぶんクスリに似たザラメとか、うどん粉とかのたぐいだ」

梢田はぴんときて、人差し指を振り立てた。

「分かったぞ。そうした場合に備えて、女の方も高梨を相手に、一芝居打ったんだ。つまり、飛び出して来た捜査官の高梨を、フェイクの瓶で殴り倒してみせた、あれがそれだ。おとり捜査じゃないことを、相手に印象づけるための臭い芝居よ」

斉木が、満足そうにうなずく。

「まあ、そんなとこだろう。どっちにしても、それで女をすっかり信用して、翌々日すぐ目と鼻の先で、同じように取引する単純なところが、いかにもおそまつだな」

「戸塚は、予備校で化学を教えているそうだが、クスリは作れても売り方を知らない、能天気な野郎さ」

梢田が決めつけると、斉木は頬を引き締めた。

「戸塚と、高梨の仲立ちをしたのは、おそらく〈ブライトン〉の木下だろう」

「木下が、一枚かんでる、とね。そう考える、根拠があるのか」

「もちろん、ある」

自信ありげな斉木の返事に、梢田はそのまま先を続けた。

「だとしても、木下はどうやって二人を、結びつけたのかな。たまたま、二人と顔見知りだったというのは、偶然すぎるだろう」

斉木は、ちらりと梢田を見たものの、その問いかけを無視した。

不満を覚えながら、梢田は腕を組んで話を変えた。

「ところで、この一件に高梨がからんでいたとなると、保一の大西係長もそのあたりの事情を、全部承知していたということになるな」

「まあな。おれたちは、好むと好まざるとにかかわらず、やつらのお先棒をかついじまったわけさ」

斉木はあっさりと言い捨て、からになった湯飲みをずずず、とすすった。

ふだん、保安一係の大西哲也に対して、いつも敵愾心《てきがいしん》をむき出しにする斉木が、今度ばかりはまるで別人のようだ。

梢田は、遠慮せずに聞いた。

「あんたが、保一にまんまと鼻を明かされて、黙っているのはおかしいぞ。体の具合でも悪いのか」

「別に悪くない」

即答する斉木に、なおも食い下がる。

「それなら、あの女がマトリかもしれない、というだけで腰が引けたのか」

斉木がじろり、という目つきで梢田を見る。

「この件に、マトリがからんでいようがいまいが、おれは屁《へ》とも思わん。ただおぼっちゃまくんが、この一件を裏で仕切っているのが、腑《ふ》に落ちないだけだ」

「おぼっちゃ」

梢田は途中でやめ、背筋を伸ばした。

「立花課長がからんでるって、どんな風にだ」

「詳しいことは、おれにも分からん。ただ、おまえが片付けたこの事件を、保一の扱いに回しちまったところに、何かにおうものがある」

斉木の意味ありげな口ぶりに、梢田も立花のやり方にいささか、不審を覚えた。

それでも、そんな疑念を振り払って、もっともらしく言う。

「まあ、御茶ノ水署への着任祝いで、高梨に花を持たせたんだろう。管理職らしい発想じゃないか。気にするのはよせよ」

多少、慰めになりそうなことを口にすると、斉木は鼻で笑った。

「そいつは、ありそうもないことだな。もしそうなら、おれたち二人を巻き込む必要は、ないじゃないか」

梢田は、妙にさめた態度の斉木の様子に、めんくらった。どう考えても、ふだんの斉木とは、おもむきが違う。

テーブルの上に、顔を突き出した。

「はっきり言え。おれに黙ってることが、まだ何かあるんだろう。立花課長から、ほかにもいろいろと、言われたんじゃないのか」

斉木は顎をなでた。

「それは、神のみぞ知る、だな」

「とぼけるのはやめろ。神だけじゃなくて、おれも知りたい。頼むから、教えてくれ。小学校のときにいじめたことは、いさぎよくあやまるからさ」

梢田が言うと、斉木はいやな顔をした。

そのことに触れられるのを、斉木がいちばん苦手とすることを、梢田は承知していた。

しばらく考えたあと、斉木がしぶしぶという顔つきで、口を開く。

「実は、高梨が新宿中央署にいたあいだ、木下も並びの区役所通りのビルで、小さなバーをやっていたそうだ」

梢田は、顎を引いた。

「ほんとか。すると、高梨と木下は、そのころから顔なじみだった、と」

「顔なじみも顔なじみ、木下は新宿のクスリの捜査がらみで、高梨のSを務めていたそうだ」

「Sだと」

啞然《あぜん》とする。

Sというのは、捜査関係者のために裏で情報収集、あるいはスパイ活動を行なう、江戸時代の岡っ引きや、手先のようなものだ。

「しかも二人は、千葉の勝浦《かつうら》だか御宿《おんじゆく》だかの中学校で、同級生だったらしい」

「同級生だと。木下の方が、年上じゃないのか。同い年には見えないぞ」

「おれたちだって、小学校の同級生には、見えないだろう。おれの方が、ずっと貫禄《かんろく》があるからな」

斉木がうそぶき、梢田はむすっとした。

「その話は、どうでもいい。それで木下は、高梨が御茶ノ水署へ転勤するのに合わせて、一緒にこっちへ移って来た、と」

「そういうことになるな。木下は、新宿の売人の元締めの筋から、御茶ノ水界隈でクスリを密造、販売しているやつがいる、という話を聞かされた。たぶん、戸塚というそいつの名前も、茗渓予備校の講師だということも、教えられたはずだ。元締めは、高梨が転勤するのに合わせて、戸塚を御茶ノ水から追い払おう、と考えた。戸塚が作った地盤やルートを、そっくりいただくつもりでな」

「それで木下をたきつけて、高梨に戸塚を追い払わせようと、たくらんだわけか」

斉木がうなずく。

「木下からの話だから、むろん高梨に否《いな》やはないはずだ。立花への、手土産《てみやげ》にもなる」

梢田は、顎をなでた。

「なるほど。新宿は、取り締まりがどんどん厳しくなって、仕事がやりにくくなった。その点、御茶ノ水界隈は手つかずで、開拓の余地があるからな」

「おぼっちゃまくんも、高梨から事前にその話を聞かされて、そう思ったそうだ」

斉木が言い、梢田も親指を立てた。

「しかも、近場の九段下にマトリが控えているから、ほかの商売仲間もこの近辺には、近寄らないとくる」

斉木も、力強くうなずく。

「この界隈はいわば、穴場になっているわけだ」

「だとすると、この街も今後クスリ関係の事件が、どんどん増える寸法だな」

興奮して言うと、斉木は梢田の胸元に、指を突きつけた。

「ばかもの、喜んでる場合じゃない。そんな状況下で、手柄を全部保一に持っていかれた日には、おれたちの立場がなくなるだろう」

「それを阻止するために、おれたち二係もクスリ専門の捜査員を、補充しなきゃなるまいな」

梢田が応じると、斉木は指を引いた。

「そうは言っても、急には無理だ。そこで今回、おぼっちゃまくんはかねて知る、マトリの女と裏で話をつけて、おれたちをバックアップしたに違いない。少なくとも、おれはそう読んだ」

「ほ、ほんとか。あれはやはり、マトリの女だったのか」

梢田が乗り出すと、斉木はあわてて体を引いた。

「そうじゃないか、と当たりをつけただけさ。おぼっちゃまくんは、それについては何も言わないんだ」

つい、かくんとなる。

「なんだ。やっぱり、あんたの妄想か」

「とにかく、おぼっちゃまくんが保一にだけ目をかけて、おれたち二係をほっとくはずがない。そんなえこひいきをしたら、署全体の士気にも関わるからな」

梢田は、気持ちを落ち着けるために、すわり直した。

「もう一度整理しよう。今までの話からすると、高梨がこっちへ来てすぐに事件が起きたのは、木下が〈ブライトン〉を新規開店したことと、無関係じゃないはずだ」

　斉木が、ダックスフントそっくりの、間延びした顔を前に突き出す。

「もちろんだ。高梨は、木下に因果を含めて戸塚に連絡を取らせ、ある筋の女がクスリを買いたがっている、と伝えさせた。その結果、さっそく女坂で取引する段取りに、なったわけだ」

　一息いれたので、梢田はすかさずあとを続けた。

「ところが、戸塚の側もさすがに用心して、最初は使い走りの学生か何かを、様子見に送り出した。罠《わな》だったとしても、本物のクスリさえ持ってなけりゃ、逮捕できないからな。ところが、マトリの女も高梨もそれを承知で、二人で示し合わせて一芝居打った、というわけだ。罠でないことを、印象づけるために」

　斉木がうなずく。

「まあ、そういう流れだろうな。それで間なしに、本物の取引に応じるってところが、しろうとたるゆえんだ。まして元締めの戸塚が、いきなりのこのこ出張《でば》って来るとは、どしろうともいいとこだ」

　梢田は、冷えたお茶を飲み干した。

「しかし、立花課長はいつの間にマトリの、それも女の捜査員なんかと、手を組んだんだろうな。そんな、器用なまねができるような男には、見えないがなあ」

「あれでけっこう、口説きじょうずなのかもしれんぞ」

そのとたん、いきなりドアが開いた。

当の立花信之介が、戸口から顔をのぞかせる。

「だれが、口説きじょうずですって」

梢田は、椅子から飛び上がった。

「も、もちろん、斉木係長のことですよ、課長」

立花はにこりともせず、少しのあいだ梢田を見つめてから、斉木に呼びかけた。

「斉木さん。ちょっとご相談があるので、署長室までご一緒してもらえませんか」

斉木がさっと立ち上がる。

「了解です」

立花と斉木が、小会議室から出て行く。

梢田は、ひたいの汗をふいた。

一分とたたぬうちに、五本松小百合がトレイにお茶を二つ載せ、はいって来た。

梢田と少し離れて、テーブルの同じ側に腰を下ろす。

梢田は、喉がからからだったことを思い出し、急いでお茶を飲んだ。

小百合が、くすりと笑う。

「係長と、ずいぶん長い打ち合わせを、してましたね」

「ああ。せっかくの、おれの手柄を立花課長のご意向で、保一に持っていかれたからな。これからは、おれたち二係もクスリがらみの事件を、扱わなきゃならなくなる。そのためには、やはり高梨のような新しい戦力が必要だ、と話していたところさ」

梢田がぼやくと、小百合はまたくすりと笑って、すぐに真顔にもどった。

「それなら、五本松が立花課長の了解を得た上で、新戦力をリクルートしてきました」

驚いて、顔を見直す。

「ほんとか。いつ着任するんだ。係長は、承知してるのか」

「係長は、ご存じありません。新戦力は、女性なんです」

あっさり言ってのける小百合に、梢田はたちまち頭が混乱した。

前夜の女のことが、まぶたの裏に浮かぶ。

「例のマトリから、引っ張ってきた女か」

小百合は少し間をおき、おもむろに応じた。

「いいえ。梢田さんもご存じの、松本ユリという女性です」

それを聞いて、梢田は頭の上に火球が落ちたように驚き、あっけにとられた。

前夜、〈ブライトン〉から出て来た女を見たとき、ちらりと頭に浮かんだかすかな疑惑が、たちまち頭の中で破裂した。

松本ユリは、以前白山通りの陣馬《じんば》書房、という古書店の店主の姪《めい》、と称していた女だ。事実、非番の日はときどき古書市へ出向き、店の手伝いをしたものだった。

しかし、その名前もいでたちもかりの姿で、実際は五本松小百合として、御茶ノ水署の生活安全課に勤務する、れっきとした警察官だった。

小百合は、見た目はきゃしゃな体つきをしているが、柔道空手剣道に合気道と、武道ならなんでもござれのつわものだ。

当時、手ごわい犯人の逮捕に当たるときなど、小百合はにわかにたてがみ女に変身し、松本ユリになりきって徹底的に、相手をぶちのめすのだった。前夜のように、戸塚を投げ飛ばして昏倒《こんとう》させるなど、朝飯前のわざといってよい。

ただ、その事実を知っていたのは、御茶ノ水署では梢田だけだった。斉木もほかの署員も、そのことにまったく気づいていなかった。

しかるにあるとき、いかにもワイルドなユリのいでたちに、あろうことか斉木が惚《ほ》れてしまうという、予想外の珍事が出来《しゅったい》した。

一目惚れした斉木は、古書市で働くユリにしつこくつきまとい、部下の小百合を大いに困惑させた。しまいには、一人二役のからくりがばれそうになり、にっちもさっちもいかなくなった。

苦肉の策で、梢田はユリがアフリカの西部に位置する、ブルキナファソとかいう国へ留学し、その後、現地で結婚して永住することになった、と嘘をついた。

それでようやく、斉木をあきらめさせたのだった。

それ以後小百合は、一度もユリに変身していなかった。少なくとも、前夜までは。

その松本ユリが、突然また御茶ノ水に姿を現したのだから、梢田が肝をつぶすのは当然だ。

最初に〈ブライトン〉で、ただのけばい化粧姿を目にしたときは、斉木はもちろん梢田自身も、ユリだとは気づかなかった。

しかし、前夜の二度目の扮装《ふんそう》を目にしたら、斉木はそれがあの松本ユリだ、と見抜いたかもしれない。将棋で後れをとり、ふてくされて署に残ったのが、ユリと梢田にはさいわいしたのだ。

ようやくショックが収まり、梢田は頭の中を整理するために、二杯目のお茶を飲み干した。

気持ちを鎮めて言う。

「おれに挨拶もなく、なんでまたブルキナファソから、もどって来たんだ」

その問いに、小百合は面目なさそうな顔をした。

「立花課長から、新任の高梨巡査部長を歓迎するのに、保安二係として手を貸してやってほしい、と言われたんです」

「係長やおれに、黙ってか」

「ええ。斉木係長は、保安一係の大西係長と仲が悪いし、ぜったいにうんとは言わない。梢田さんだって、係長に気を遣って断わるでしょう。それで五本松に、お鉢が回ってきたんです。五本松も、お二人に黙って一係に手を貸すのは、あまり気が進みません。それでしかたなく、松本ユリを呼びもどした、というわけです」

「しかし、こうやっておれに打ち明けたら、同じことじゃないか」

梢田が言うと、小百合は媚《こ》びるように上目を遣い、顔をのぞき込んできた。

「梢田さんは、口が固いからだいじょうぶ、と思って」

梢田はこめかみを掻き、少しのあいだ考えた。

おもむろに、口を開く。

「だとすると、今回の一連のどたばたは、五本松と高梨で考えたわけか」

「ええ。ちょっと、考えすぎた気もしますけど」

梢田は苦笑した。

「相手が御茶ノ水の、予備校講師のしろうとだったから、あれですんだんだ。新宿や、池袋《いけぶくろ》のくろうと相手だったら、あんなに簡単には引っかからなかったぞ」

「かもしれませんね」

しれっとして言う。

「ついでに聞くが、高梨とマトリの女捜査員がコンタクトした、というのは嘘だろう」

梢田が突っ込むと、小百合は肩をすくめた。

「ええ、嘘です。あのときは、九段下の喫茶店で高梨さんと、打ち合わせをしたあとでした。帰ろうとしたとき、係長と梢田さんが高梨巡査部長に気づいて、あとを追おうとするのが見えたものだから、つい後ろから声をかけちゃったんです」

「そのあと、すぐに〈しげ勘〉で昼飯を食いながら、よくあんな作り話を思いついたな」

「たまたま近くに、マトリのオフィスがあるのを、思い出したものですから」

梢田は椅子にもたれ直し、つくづくと小百合を見直した。

「だとしたら、最初に〈ブライトン〉でおれたちと鉢合わせしたとき、いくらか焦ったんじゃないか」

「いくらかどころか、大いに焦りましたよ。以前の松本ユリと、違った扮装をしていてよかった、と思いました。それでも、梢田さんには見破られるんじゃないかって、ひやひやものでした」

「トイレの隠し戸で、助かったな」

「そのことは、木下さんに教えられていたので、助かりました。ええと、木下さんが、高梨さんのSだということは、ご存じでしたか」

「ああ、それはさっき聞いた」

小百合はお茶を飲み、口調をあらためた。

「いずれ、梢田さんにはばれるだろうと思って、ゆうべは以前の松本ユリに近い、ワイルドな格好をしたんです。分かりましたか」

「ちらっと、そういう考えが頭をよぎったのは、確かだ。しかし、まさかその直感が当たるとは、思わなかった。とにかく、間違ってもあの格好で、係長の前に出るのは、やめた方がいい。またぞろ、追い回されるのがおちだからな」

そのとき、またドアが前触れもなく開き、声がかかった。

「だれがだれに、追い回されるんだって」

小百合は、梢田と顔を見合わせると、肩をすくめて舌を出した。

斉木が、いかにも不機嫌そうに、二人の顔を見比べる。

天使の夜

1

五本松小百合《ごほんまつさゆり》が、丸めたタウン誌で行く手を指す。

「あ、ありました。あのお店ですね」

梢田威《こずえだたけし》は足を止め、小百合の指す方に視線を向けた。

〈開陳楼《かいちんろう》〉と、白地に赤で書かれた袖看板が、目にはいる。

「あれか。知らなかったな。いつごろできたんだ」

小百合は、タウン誌を指で叩《たた》いた。

「これによると、半年くらい前ですね」

梢田は振り向いた。

「あんたは、知ってたか」

斉木斉《さいきひとし》が、ぶすっとして肩を揺する。

「できたのは知ってたが、はいったことはない。おれは、高級店しか行かない主義だからな、原則として」

「ふん。原則より、例外の方が多いくせに、よく言うぜ」

そこは神田神保町《かんだじんぼうちょう》二丁目の、偶数番地に当たる靖国《やすくに》通りの北側で、水道橋《すいどうばし》につながる白山《はくさん》通りから左へ、道を二本ほどはいった見当になる。

目当ての店は、〈Go to Ocha-Jin〉という情報誌に紹介された、〈開陳楼〉というラーメン屋だった。

〈Go to Ocha-Jin〉は、つい二週間ほど前に創刊された、御茶《おちゃ》ノ水《みず》と神保町界隈《かいわい》を対象とする、タウン誌だ。

小百合が、その創刊号に載った店の紹介記事に目を留め、行ってみようと言い出した。記事によると、神保町にしては少し値段が高めだが、そこそこにうまいらしい。

「とにかく、一度食べてみましょうよ。そうすれば、紹介記事のとおりかどうか、分かりますから」

小百合があらためて言い、さっさと歩きだす。

梢田は、腕時計を見た。一時半過ぎだった。

昼休みの時間、三人は地元の警備会社の会議室で、幹部連中と情報交換の定例会議を行なった。

御茶ノ水署の署長命令で、今月は管内服務規定強化月間とされ、管内のいかなる場所においても、お茶以外の飲食の提供を受けてはならぬ、とのお達しが出ていた。

そのため、会議の席には幕の内弁当が用意されたが、三人ともお茶以外に手をつけなかった。

もっとも、終了後梢田は斉木に目顔で合図され、目の前の弁当を持ち出そうとして、小百合にたしなめられる、という一幕があった。

しぶしぶ、手ぶらで会議室をあとにしたが、ビルを出たところで小百合に、文句をつけた。

「持って帰って、自分の家で食う分には、問題ないんじゃないか」

しかし、小百合に冷たい目で見返されて、それ以上何も言えなかった。

そのかわり、と言って小百合が提案した店が、〈開陳楼〉というわけだ。

店の前に、だれもいないのを見て、梢田は斉木に言った。

「時間的に、昼のピークは終わったにしても、だれも並んでないのは気に入らんな。人気店というのは、時間に関係なく開店してるあいだ、行列が絶えないはずだぞ」

斉木が、ぞっとしない表情で、顎を掻《か》く。

「この分じゃ、ピーク時でも行列とは縁がなさそうだな」

梢田も斉木も、あまり意気の揚がらない足取りで、小百合のあとを追った。

中をのぞくと、調理場を入れても四坪足らずの、狭いラーメン屋だ。

鉤形《かぎがた》のカウンターは、小さな角椅子で八席しかない。鉤の手の、角の席が偶然のように三つ、あいていた。

「らっしゃい」

威勢のいい声を出したのは、坊主頭に胡麻塩《ごましお》の口髭《くちひげ》を生やした、まん丸顔の中年のおやじだった。

ねじり鉢巻きに、ピンクのギンガムチェックのカッターシャツ、染みだらけのデニムの胸当てズボン、という変わったいでたちだ。

しかも、胸に〈店長チクロ〉と、妙な名札をつけている。

入り口の横に券売機があり、そこで食券を買うらしい。

メニューは塩味レギュラーメン八百五十円、ワンワンタンメン八百五十円、チョイシューメン八百円の、三種類しかない。ほかに、トッピングとして爛熟《らんじゅく》タマゴ、モヤキャベツ、チャイナチクなどなど。

この手のラーメン屋としては、まずまずの値段だ。

ただメニューは、いちおう見当がつくものの、どことなくへんてこな名前だ。レギュラーメンは、定番のラーメンという意味だろう。チョイシューメンは、チャーシューが少なめのラーメンか。

「おれは、ワンワンタンメンと爛熟タマゴだ」

言い捨てて、斉木がさっさと席に着く。

いつもの調子に、梢田は腹の中でののしりながら、同じ券を二枚ずつ買った。あとでかならず、清算してやる。

小百合は、あれこれ迷いを見せたあげく、チョイシューメンとモヤキャベツのボタンを押した。

小百合をはさんで、角の席に腰を落ち着ける。

梢田は、小百合の肩越しに、斉木に言った。

「あとでちゃんと、清算してもらうからな」

斉木がじろり、と見返してくる。

「たかがラーメンで、細かいことを言うな」

「値段の問題じゃない。今月は服務規定強化月間で、管内で飲食の提供を受けちゃいかんと、署長に、というか社長に、そう言われてるだろうが」

「身内同士なら、問題あるまいよ」

「よく言うぜ。こないだも珍しくあんたにおごると言われて〈キッチン・カロリー〉に行ったら、財布を忘れて来たと言って、おれに払わせたじゃないか」

梢田がまくし立てるのを、小百合が指を振ってさえぎる。

「しっ。みっともないから、やめてください」

梢田は、不承不承口を閉じた。

斉木は、けろりとした顔で、お茶を飲んだ。

カウンターの中で、麺の湯切りをしているおやじに、声をかける。

「店長チクロのチクロは、シクロヘキシルスルファミン酸ナトリウムのことか」

おやじは、文字どおり目を丸くして、斉木を見返した。

「お客さん、よくご存じですね。生まれて初めて、言われたですよ」

斉木が、鼻をうごめかす。

「その昔、物理と化学は得意科目だったからな」

梢田は、小百合にささやきかけた。

「なんだ、今のシクロヘンチキリンなんとか、というのは」

「チクロの、正式名称ですよ」

「チクロって、なんだ」

「大昔に使われていた、人工甘味料の名前です。発癌性《はつがんせい》があるとかで、とうに使用禁止になりましたけど」

おやじが、ゆで上がった麺を丼にあけ、乱杭歯《らんぐいば》でにっと笑う。

「あたしのおやじは、そのころ厚生省に勤めてましてね。たまたま、チクロの一件に関わってたんで、チクロ、チクロと呼ばれてたですよ。なにせ名字が、クロチだったもんだから」

「クロチ」

梢田は、おうむ返しに聞き返した。

「ええ。あたしは、クロチ・ゴロウっていいます。黒い池に、数字の五郎って書くんですがね」

そう言って、おやじは小さなバナナほどもある、大きなワンタンらしきものを、麺のはいった二つの丼に一つずつ、するりと流し込んだ。

どうやらそれが、ワンワンタンメンらしい。ワンワン・タンメンではなく、ワン・ワンタン・メンと分かって、ほっとする。

「黒池五郎か。あんまり、聞いたことのない名字だな」

斉木が言い捨てたとき、裏の方でドアが開くか閉じるかする、軽い衝撃音がした。

黒池五郎と名乗ったおやじは、まるで聞こえなかったという顔つきで、カウンターに丼と皿を並べた。

「へい、お待ち」

三人は、それぞれ自分の丼を確かめて、割り箸を割った。

小百合が、皿に別盛りされたモヤキャベツ、つまりモヤシとキャベツの盛り合わせを、いちどきに丼にぶち込む。

梢田は、一つだけの大きなワンタンを、レンゲで押しのけた。いつものように、スープを一口飲んでみる。

ちょっと驚き、小百合に声をかけた。

「こいつは、けっこういけるな。いいダシが出てるぞ」

麺を一口食べた小百合も、同感だとばかり大きくうなずく。

「麺もコシがあって、なかなかおいしいですね」

斉木だけが、黙々と食べている。

しばらくすると、店の裏手から低い女の話し声が、聞こえてきた。はっきりしないが、なんとなく女同士で言い争うような気配が、伝わってくる。

梢田たちのあと、新しい客ははいって来なかった。

やがて先客が二人立ち、三人立ちして、ほどなく店ががらんとする。

黒池五郎なるおやじも、仕切りの暖簾《のれん》の奥へ引っ込んでしまい、カウンターは梢田と斉木、小百合の三人だけになった。

裏の女たちの声は、まだ続いている。

早食いの小百合が、真っ先に食べ終わって、席を立った。

「ちょっと、裏の様子を見てきます」

斉木が、顔を上げずに言う。

「おせっかいは、やめておけ」

「でも、女同士の口論はエスカレートすると、手に負えなくなりますから」

小百合はそう言い残すと、ショルダーバッグを斜めにかけ直し、店を出て行った。

ガラス戸越しに、横手へ回る姿が見える。

梢田は、言いわけがましく、フォローした。

「まあ、管内のトラブル対応も、仕事のうちだからな」

間《ま》なしに、女たちの声が途絶えた。小百合が、あいだに割ってはいったようだ。

食べ終わった斉木が、さっさと腰を上げる。

「行くぞ」

梢田は、まだスープを飲み残しているので、立たなかった。

「おれは、五本松を待ってるよ」

「好きにしろ。おれは会社へもどる。パチンコ屋の視察なんか、するんじゃないぞ」

「あんたじゃあるまいし、だれがするか」

梢田が言い返したときには、斉木はもう店を出ていた。

2

スープを飲み干し、梢田威は立ち上がった。

出て行ったきり、もどって来ない五本松小百合の様子を見ようと、外に出る。

店の横の細い通路をのぞくと、奥の磨《す》りガラスのドアが開いたままになり、視野をふさいでいる。

ドアの向こうで、二つ三つ人影が揺れた。その中に、小百合もいるようだ。

梢田は通路にはいり、ドアのところまで行った。

出入り口は、開いたドアの向こう側にあり、行く手をさえぎられてしまう。言い争う声だけが、ガラス越しに聞こえてきた。

「だから、あたしはそんな約束をした覚えはないって、そう言ってるじゃないの」

「でも、取材を受けていただいたので、こうして記事にしたんじゃありませんか」

「取材は受けても、購読とか広告とかをはっきりと、約束した覚えはないわ。こっちだって、話をするのに時間取られたわけだから、取材謝礼をもらいたいくらいよ」

「二、三度様子を見に来ましたけど、この記事が出たあとお客さんが、だいぶ増えましたよね。記事の宣伝効果は、あったはずです」

「記事のおかげじゃないわよ。うちは前から、はやってるんだから。あんたにも、分かってるはずよ」

「それとこれは、別でしょう」

声がとがっている。

「まったく、しつこいったら、ありゃしない。いいかげん、あきらめなさいよ」

「二人とも、ちょっと落ち着いてください。わたしが、お二人の言い分をゆっくりお聞きして、どうすればいいか提案しますから」

そう言ったのは、小百合の声だった。

梢田は、ガラス越しに声をかけた。

「五本松。だいじょうぶか」

「あ、はい。だいじょうぶです。とにかく奥さんは、中にはいっていただけませんか」

「言われなくたって、はいるわよ。うちの店なんだからね」

店の中に、はいって行く足音。

それを追うように、もう一つの声。

「こちらも、このままでは引き下がれませんよ。法的手段に訴えてでも、こちらの言い分は通しますから」

なかなか強気だ。

店の中から、最初の声が応じる。

「訴えるなら、訴えてごらんよ。世間さまに、笑われるだけさ。それより、さっさとドアを閉めておくれよ。商売のじゃまをするなら、こっちが訴えてやるから」

「それじゃ、これで」

すかさず、という感じで小百合が割り込み、ドアが向こう側に閉じられる。その陰から、小百合ともう一人の女が、姿を現した。

梢田は、あわててその場からすさり、おもての通りにもどった。そのあいだ、店の中から女とおやじの黒池が、何か言い合う声が響いていた。

店から、少し離れたところで、梢田は立ち止まった。

小百合に腕を取られ、いやいやのように歩いていた女も、足を止める。

三十代半ばか、せいぜい後半といった年ごろの女だ。短くカットした髪に、口紅を薄く差しただけの、目立たぬ化粧をしている。

襟の広い白のブラウスに、濃いグレーのパンツスーツ。手には、黒のトートバッグ。

「なんだってあんな場所で、口喧嘩《くちげんか》なんかしてたんですか」

梢田が質問すると、女は切り口上で応じた。

「口喧嘩じゃありません。ビジネス上の、交渉ごとです」

いくらかトーンの高い、若い娘のような声だ。

「そばで聞いていると、交渉ごととは思えませんでしたよ。口喧嘩でないにしても、言い合いになっていたでしょう」

小百合が突っ込むと、女は唇をぐいと引き締めた。

二人を見比べながら、とがった声で言う。

「あなたたちは、どなたですか。よその問題に、口を出さないでいただきたいわ」

梢田は指を振り立て、愛想よく応じた。

「よその問題に口を出すことも、わたしらの仕事なんでね」

女が、顎を引く。

「とおっしゃると」

「御茶ノ水警察署の、生活安全課の者です。わたしは梢田、こちらは五本松といいます」

それを聞くと、女はいくらかたじろいだ様子で、二度まばたきした。

「警察のかたですか」

「そういうことです」

梢田は身分証明書を、内ポケットからのぞかせた。

女は一息つき、おもむろに言った。

「これは、ビジネス上の問題なんです。警察は、民事不介入じゃないんですか」

小百合が口を開く。

「最近は、そうも言ってられないんです。夫婦喧嘩に家庭内暴力、男女間のトラブル、それにストーカーとか、ご近所とのもめごととか、わたしたちの出番が増えているのは、ご存じでしょう。さっきの交渉ごととやらも、ほうっておいたら、つかみ合いになっていたかもしれないわ。差し支えなければ、ご相談に乗ってもいいんですけど」

それを聞くなり、梢田はわざとらしく眉根を寄せて、腕時計を見た。

「まあ、今後気をつけてもらえるなら、おせっかいはやめておきますがね」

こんなところで、むだ話をしている暇はない。署へもどり、仮眠室か道場にもぐり込んで、昇任試験の勉強をしなければならない。

女が、急に何かを思いついたように目を輝かせて、小百合に言う。

「警察のかたに、相談に乗ってもらえるんでしたら、ぜひ話を聞いていただきたいわ。あのラーメン屋の対応が、あまりにも理不尽なので」

梢田が割り込む隙も与えず、小百合は大きくうなずいた。

「いいですよ。それで、トラブルを避けられるのなら、お話を聞くのはお安いご用です」

「まあ、お安いご用といっても、ですね」

梢田が言いかけるより早く、女は小百合の腕をさっと取るなり、歩きだした。

あとに残された梢田は、そのまま消えようかと一瞬迷った。

すると、小百合がくるりと振り向いて、手招きする。

何か、うむを言わせぬ手招きに見えて、しかたなく梢田はあとを追った。

その裏通りに面した、〈杜甫甫〉と書いてトホホと読ませる、古い喫茶店に腰を落ち着ける。そのあたりの、お手軽なコーヒーショップではなく、〈さぼうる〉や〈ラドリオ〉のような、昔ながらの喫茶店だ。

名曲喫茶ではないが、低くクラシックらしい音楽が、流れている。

いかにも気むずかしげな、妙にインテリくさいマスターが、注文を取りに来た。

女は、勝手にコーヒーを三つ頼み、名刺入れを取り出した。

やむなく梢田と小百合も、名刺交換に応じる。

名刺によると、相手の社名はマイ・タウン社といい、住所は神田駿河台《するがだい》二丁目となっている。その地番からすると、とちの木通りのあたりらしい。

肩書と名前は、〈御茶ノ水・神保町タウン誌 Go to Ocha-Jin〉発行人兼編集人、稲山江威子。イナヤマ・エイコと読むのだろう。

江威子が、トートバッグから取り出したのは、小百合が道案内に持っていた、あのタウン誌だった。

小百合も、ショルダーバッグから同じものを、引っ張り出す。

「すると、この創刊号の〈開陳楼〉の紹介記事は、そちらのライターさんが取材して、書かれたわけですね」

江威子は、軽く肩をすくめた。

「というか、わたしが自分で取材して、自分で書きました。編集長兼ライター兼営業部長なものですから」

　コーヒーがくる。

　マスターは無愛想に、しかしカップや受け皿を音の立たないように、静かにテーブルに置いた。いかにも、神経質そうな男だ。

　そろってコーヒーに、口をつける。

　小百合が言った。

「さっきの言い争い、というか言い合いはビジネス上の問題だ、とおっしゃいましたね。どんな問題なんですか」

　江威子は、咳払《せきばら》いをした。

「うちの雑誌で、お店の紹介をするかわりに、掲載号からあと毎号百部ずつ、お買い上げいただくこと。そして発行ごとに、毎号広告出稿をしていただくこと。そういう約束だったんです。きょう、その確認のお電話を差し上げたところ、そういう約束はしてない、とおっしゃいましてね。それで、お昼のピークが過ぎるのを待って、さっき再交渉にうかがったわけです」

　江威子は言葉を切り、またコーヒーを一口飲む。

　梢田は口を挟んだ。

「それでも、話がつかなかった、と」

「そうなんです。掲載誌の買い上げや、広告出稿の話が出たことは、覚えている。でも、それをオーケーした覚えはないと、そう否定なさるんです」

　梢田と小百合は、顔を見合わせた。

　小百合が、江威子に目をもどして言う。

「契約書とか、覚書は交わされなかったんですか。それを提示すれば、問題はないと思いますが」

「もちろん、承諾書はいただいております」

　江威子は、トートバッグに手を突っ込み、クリアファイルに入れた用紙を出して、テーブルに置いた。

　頭に〈取材承諾書〉とあるものの、角張った手書きの文書をコピーした、いかにもおざなりな書式だ。


　当社編集部が取材して、お店の好意的な紹介記事を書きます。

　掲載号から以降、発行ごとに百部ずつ、お買い上げいただきます。ただし季刊。

　同じく、発行ごとに年四回、お店の広告を出稿していただきます。

　　　　　　　　　　　　　　　　　　　　　　　　　　　以上

　その三項目だが、金額等の記載がない。

最後に、別の手書きの汚ない字で、こう書き込んである。

以上の条件で、取材を承諾いたします。開陳楼

ただし、個人名はどこにも書かれておらず、印鑑を押したあともない。

いささかあきれて、梢田は小百合を見た。

「これはちょっと、どんなもんかな。正式の承諾書とは、いえないだろう」

小百合も、首をかしげる。

「そうですね。そもそも、肝腎の金額が書いてありませんし、店主の名前もなし、印鑑もなしでは、ちょっと」

江威子は体を乗り出し、承諾書を指でとんとんと叩いた。

「最後の行は、店主が、というかご主人がお忙しいとかで、テシヨさんが代筆されたんです」

「テシヨさんて、奥さんですか」

梢田と同様、小百合も妙な名前だと思ったらしく、眉根が寄っている。

「そうです」

「つまり、テシヨさんが代筆された、と」

「ええ。とにかく奥さんですから、代筆しても問題ないと思います。筆跡鑑定をすれば、テシヨさんが書いたもの、と分かるはずですし」

「そういうことじゃなくて、ですね。代筆でも、ちゃんと署名がしてあって、印鑑くらい押してないと」

小百合が、辛抱強い口調で指摘すると、江威子は唇を引き締め、椅子の背にもたれた。

やおら、トートバッグに手を突っ込んで、煙草《たばこ》を取り出した。一本くわえて、ライターを近づける。

そのとたん、カウンターにいたマスターが、大声で言った。

「お客さん、ここ禁煙ですよ。灰皿ないのが、見えませんかね」

ほかの客の視線が、いっせいに集まるほどの声に、江威子は頬をこわばらせた。

煙草をもどし、乱暴な手つきで箱とライターを、トートバッグに投げ込む。

小百合は、まるで何もなかったように、話を続けた。

「それに、金額に関する説明がどこにも、書いてありませんよね」

江威子が、ふてくされたように応じる。

「購読料は、一部二百円です。季刊ですから、百部買っていただいても年間で、わずか八万円にしかなりません」

確かに、極端に高い金額ではないが、せいぜい一杯九百円のラーメン屋にとって、まったく負担にならない額、とはいえないだろう。

「広告料は」

梢田が聞くと、江威子はすぐに答えた。

「制作費込みで、四分の一ページの出稿料金が、五万円です」

こちらは、決して安くない値段だ。

梢田の顔色を見て、江威子が付け加える。

「ただ、同じ原稿を使用するのでしたら、二回目からは三万円になります。原稿を自主制作される場合は、最初から三万円にしています」

てきぱきとした説明に、梢田は出稿の誘いを受けている気分になり、ふんふんとうなずいてしまった。

小百合が、口を開く。

「奥さんが、取材を承諾すると書き入れる前に、そういう説明をなさいましたか」

江威子は、わざとらしいしぐさで、また肩をすくめた。

「ええと、細かい金額までは、申し上げなかったかも」

少しのあいだ、沈黙が流れる。

三人が三人とも、申し合わせたように、コーヒーに口をつけた。

小百合が、沈黙を破る。

「整理してみましょう。まず、定期購読の方から。一部二百円としても、〈開陳楼〉に毎号百部買い上げさせるのは、ちょっと厳しいんじゃありませんか。そもそも、広告出稿があるとすれば、掲載誌としてそちらから五部、ないし十部程度進呈するのが、ふつうだと思いますが」

「掲載誌は、定期購読とは別に三部、進呈することになっています。お店に、百部お買い上げいただくのは、来店するお客さんにただで差し上げる、お持ち帰り用の分なんです」

梢田は体を引いた。

「ただで差し上げる、ですって」

「ええ。レジのところに積んでおいて、お勘定のときに差し上げるわけです。百部ぐらいは、すぐさばけますよ」

江威子はそう言って、力強くうなずいた。

小百合が、疑問を呈する。

「紹介記事が載っている、掲載号だけなら分かります。でも、ただでばらまくために、毎号百部購入するというのは、ちょっと厳しいんじゃないかしら」

「ただじゃなくて、正価で売っていただいても、差し支えはありません。手数料は不要ですから」

梢田は苦笑した。

「二百円で仕入れて、二百円で売るんじゃ、手間がかかるだけでしょう。せめて一割か、二割引きで卸してやらないと、かわいそうじゃないですか」

「そういう交渉も、いちおう視野に入れてありますが」

しれっとした口調だ。

梢田は、話のつぎ穂を失ったかたちで、黙り込む。

小百合が、話を進めた。

「それじゃ、次に広告料の方に移りましょう。相場が、どれくらいかは分かりませんが、年間十二万とか、場合によっては二十万とかの金額は、小さなラーメン屋にとっては、かなりの負担になります。それでお店も考え直して、そんな約束をした覚えはない、と言い出したんじゃないかしら」

「でも、約束は約束ですから。それに、タウン誌と地元の商店や飲食店は、持ちつ持たれつの関係じゃないでしょうか」

確かに、そういう面もあるだろう。

「ちなみに、同じような理由でほかのお店と、もめたりはしていませんか」

小百合の問いに、江威子は言下に答えた。

「ありません。少なくとも、こちらの条件をのんでおきながら、前言をひるがえしたお店は、一軒もありませんね」

一軒もに、妙に力がこもっている。

小百合が、承諾書を指さした。

「ともかくここには、買い取り額が一部二百円で総額二万円とか、広告出稿費が年間十数万円になるとか、具体的な金額が書いてありませんよね。これでは、証拠書類としての役割を、果たさないんじゃありませんか。結局は、水掛け論になるだけで」

江威子は、気持ちを鎮めるように深呼吸して、ゆっくりと言った。

「金額については、口頭で説明しました。テシヨさんはそれでいい、と納得されたんですよ。もし、約束どおりにしていただけないなら、法的手段に訴えるしかありませんね」

梢田は小百合と、また顔を見合わせた。

江威子を見直し、取材承諾書を指で叩きながら、ゆっくりと言う。

「法的手段とおっしゃっても、これまでうかがったお話を聞く限り、勝ち目はありませんよ。少なくとも、この承諾書だけではね。〈開陳楼〉さんが、確かにさっきの料金で出稿を承諾した、という具体的な証拠がないと」

前夜、昇任試験問題集と取り組んだとき、たまたま似たようなトラブルの、静岡地裁の判例を目にしたのだ。

江威子は、妙にゆっくりした手つきで承諾書をしまい、立ち上がった。

口をゆがめて言い放つ。

「こうしたトラブルに、警察が介入しないとおっしゃるなら、こちらは〈開陳楼〉を相手に徹底的に、戦うだけです。これで失礼します」

それから、伝票を見て料金を確かめると、財布から二千円と百円玉を取り出し、テーブルに置いた。

梢田が伝票をのぞくと、コーヒー一杯が七百円だった。

小百合が、急いで言う。

「あの、わたしたちの分は、わたしたちで払いますから」

「いいんです。コンサルタント料だと思えば、安いものだわ」

梢田は、江威子の肘を取って、引き留めた。

「そう言われても、わたしたちは今月、外部の人にごちそうになると、まずいことになるんですよ」

説明しているあいだに、小百合がテーブルから金を取り上げて、江威子のトートバッグに投げ込む。

「お役に立てなかったおわびに、こちらでお支払いしますから」

江威子は、二人の顔をじっくりと見比べ、ふんと鼻を鳴らした。

「それでは、ごちそうになります。〈開陣楼〉には、法的措置をとると警告するために、近ぢかまた足を運ぶつもりです。今度はどうか、介入しないでくださるように、お願いします」

そのまま、くるりと向きを変えるなり、店を出て行く。

3

話を聞き終わると、斉木斉は上体を起こした。

椅子の背に腕を乗せ、足を組んで斜めにすわり直す。

「それで、五本松はどうしたんだ」

「また〈開陣楼〉へもどった。黒池夫婦の話を聞く、と言ってな」

梢田威の返事に、斉木は顎をなでた。

「その、マイ・タウン社の稲山なんとかいう女も、店へもどったんじゃないのか」

「それはないいな。稲山江威子は、法的措置をとるとかなんとか、息巻いていた。めどがついたら、出直すつもりだろう」

「かりに訴えたところで、勝ち目があるとは思えんな」

「そうだな。判例もそう言ってるし」

うっかり漏らすと、斉木は姿勢をもとにもどして、身を乗り出した。

「判例だと」

しまった、と思いつつ、やむをえず説明する。

「静岡地裁浜松《はままつ》支部の、だいぶ昔の判例だがな」

斉木は、猜疑心《さいぎしん》のこもった目で、梢田をねめつけた。

「おまえ、まさか昇任試験の勉強なんか、してないだろうな」

「何が、まさかだ。今度こそ合格する、と決めたんだ。勉強して、何が悪い。だれにも、じゃまはさせないぞ」

梢田が鼻息も荒く言うと、斉木は人差し指を振り立てて、ちちちと舌を鳴らした。

「むだなことは、やめておけよ。巡査部長に昇進すると、平《ひら》巡査に比べて仕事が複雑になるし、責任も格段に重くなる。おまえには無理だ」

「何が無理なものか。あんたがもたもたしてるうちに、おれはおっつけ警部補の試験も受けて、あんたに追いついてみせるぞ」

梢田が息巻くと、斉木はせせら笑った。

「おまえが、警部補になるころには、おれはとうに警視さまだ」

「そうか、そうか。がんばってくれ。とにかく、おれの昇任試験のじゃまだけは、しないでもらいたい」

「おまえの場合は、じゃましなくても」

斉木がそう言いかけたとき、ノックの音がした。

ドアが開き、生活安全課長の立花信之介《たちばなしんのすけ》が、小会議室にはいって来る。

「じゃまするとかしないとか、なんの話ですか」

立花の問いに、斉木は梢田が答えるより早く、口を開いた。

「ええと、こいつがですね、昇任試験を受けると言うもので、だれにもじゃまされないように、わたしがよく目を光らせると、そう請け合ったところでして」

立花は長身をのけぞらし、くったくのない笑みを浮かべた。

「それはお互いに、いい心がけですね。ところで、最近御茶ノ水駅の近くにオフィスを構えた、マイ・タウン社という出版社を、ご存じですか」

突然、別の話を持ち出されて、斉木が顎を引く。

それを見るなり、梢田は急いで割り込んだ。

「ええと、はい、承知しています。御茶ノ水、神保町界隈をカバーする、ゴーツーオチャジンとかいう、タウン誌を出してる会社です」

「そうそう、それです。なんでも、創刊号を管内の飲食店やバー、居酒屋にばらまいて、名前を売ろうとしているらしい」

「はあ」

梢田は生返事をして、斉木の様子をうかがった。

斉木は、爪のささくれを取るか、取るふりをしていた。

立花が続ける。

「その手の情報誌は、ときどきトラブルを招くこともあるらしいので、早い段階でチェックしておいた方が、いいんじゃないですか。もちろん、お二人のことですから、すでにご存じと思いますが、いちおう念のため」

斉木が、爪から目を上げて、もっともらしく言う。

「わたしも、たまたま梢田にその話をしようと、そう思っていた矢先でした。これから、すぐにでもマイ・タウン社に出向いて、チェックすることにします」

梢田が口を開く前に、立花はすばやく片手を上げて、拝むしぐさをした。

「よろしくお願いします」

そう言い残し、きびすを返して出て行く。

その足音が、遠ざかるのを見すましたように、斉木が言った。

「おぼっちゃまくんのやつ、おれたちがここで打ち合わせをするたびに、のぞきに来るような気がしないか」

「おれが、あんたにいじめられていないかどうか、心配になって見に来るんだろうよ」

憎まれ口を叩くと、斉木は鼻で笑った。

「ばかを言え。行くぞ」

「行くぞって、どこへ」

「決まってるだろう。マイ・タウン社の事務所だ」

言いながら、斉木はさっさと戸口へ向かい、梢田もあわててあとを追った。

＊

明大《めいだい》通りを渡り、駅前交番で場所を確認する。

マイ・タウン社は、ちゃんと巡回連絡カードを、提出していた。それによると、とちの木通りにある労金会館の、少し先のビルだということが分かった。

目当てのビルは、かなり古い四階建ての小さな建物で、部屋数は各階二室ずつの、八室しかない。

メールボックスを確かめると、マイ・タウン社は最上階にあった。名札に、空白が目立つところをみれば、けっこう空きがあるらしい。四階も、片方は空室だ。

エレベーターを探したが、どこにもなかった。

「おい。いくら古いビルでも、エレベーターがないなんて、信じられるか。建築基準法違反だろう」

梢田が言うと、斉木も憮然《ぶぜん》としながら応じる。

「高さが、三十一メートル以下のビルには、設置義務がないんだ。つまり、おおむね六階建て以下のビルは、エレベーターなしでオーケーってことさ」

「しかし、せっかくのこの一等地で、エレベーターなしなんて、ありえないだろう」

「文句を言わずに、さっさとのぼれ」

斉木はそう言って、脇の階段を顎でしゃくった。

くそ、とののしって、梢田はのぼり始める。狭い上に踊り場つきなので、のぼるうちに息切れがしてきた。

四階まで上がると、膝ががくがくした。二人ともそこで十秒ほど、息を整えるありさまだった。

左側のスチールドアに、白地に〈マイ・タウン社〉と書かれた、プラスチックのプレートが貼ってある。

斉木はノックもせずに、マイ・タウン社のドアを押しあけ、中にはいった。梢田もあとに続く。

窓を背に、デスクに向かっていた女が、顔を上げた。

梢田を見て、はじかれたように席を立つ。

「あ、先ほどは、どうも」

稲山江威子だった。

「いや、どういたしまして。こちらは、わたしの上司の斉木係長です」

梢田が紹介すると、二人はビジネスライクに、名刺を交換した。

部屋は、せいぜい二十平米ほどの広さだが、スチールのデスクが二つとキャビネット、戸棚、それに簡単な応接セットしかなく、さほど狭苦しい感じはしない。

応接セットに、向かい合って腰を下ろす。

なんの前置きもなく、斉木が切り出した。

「こちらの代表者は、備後喜一郎《びんごきいちろう》さんとなっていますね」

梢田は、江威子をじっと見た。巡回連絡カードには、代表者としてその名前が、記入されていた。

江威子がうなずく。

「はい。わたしの父親です」

梢田は、虚をつかれた。親娘《おやこ》でやっている、とは思わなかった。

斉木は表情を変えず、事務的に尋ねた。

「社長は今、おでかけですか」

斉木の問いに、江威子はちょっと上体を引いた。

「いえ、在社しておりますが、ただ」

そのとき、どこからか水の流れる音が聞こえ、言葉が途切れた。

間なしに、戸棚の陰になっていたドアが開き、男が姿を現した。どうやら、室内に手洗いかトイレが、あるらしい。

江威子は、さっと立ち上がって、男に言った。

「こちらは、御茶ノ水警察署生活安全課の、斉木警部補と梢田巡査長です」

男の頰が、引き締まる。

グレンチェックのダブルのスーツに、でっぷりした短軀《たんく》を包んだ年配の男だ。薄くなった髪を、ぴったりとポマードでなでつけ、オーデコロンのにおいをぷんぷんさせている。

江威子が続けた。

「こちらが社長の、備後喜一郎でございます」

「どうも、どうも」

備後喜一郎は、パドックの馬を眺めるように、梢田と斉木を見比べてから、どかりと腰を下ろした。

それだけで、三人掛けの長椅子の二人分がふさがり、江威子が隣にすわり直すのに、苦労する始末だった。

名刺を出そうとしないので、梢田と斉木も挨拶だけにとどめる。

「それで、ご用件は」

備後は、卓上のシガレットケースをあけ、煙草を取って口にくわえた。

江威子が、ライターで火をつけてやる。自分は、吸わなかった。

梢田は、だいぶ前に禁煙したことから、煙がすっかり苦手になっていた。しかし、ここは備後のオフィスなので、文句を言うわけにもいかない。

斉木も、署内での喫煙が原則禁止になり、小さな喫煙室が設けられたときに、あっさりやめていた。それ以来、梢田以上に煙草嫌いが徹底して、喫煙の場所や相手に関係なく、露骨にいやな顔をする。

斉木は、備後が吐き出す煙を払いのけ、わざとらしく咳《せ》き込んで言った。

「今どき煙草とは、珍しいですな、社長」

備後は、じろりと斉木をねめつけて、また煙を吐いた。

「千代田区は路上禁煙だし、自分の事務所で吸うしかないもんでね。おいやでしたら、お引き取りいただいても、かまいませんよ。こっちには警察に、なんの用もないですから」

隣にすわる江威子は、父親をたしなめるどころか、そうだと言わぬばかりに、唇を引き締める。

斉木が、また煙を払いのけて、ぶっきらぼうに言う。

「最近、御茶ノ水署の管内を対象とする、タウン誌を創刊されましたね」

「ええ。娘が編集長をしてます。まさか、タウン誌の発刊に警察の許可がいる、とはおっしゃらんでしょうな」

「もちろんです。内容が、いかがわしくさえ、なければね」

斉木が言い返すと、備後は金歯を見せびらかしながら、豪快に笑った。

それから、急に真顔にもどって言う。

「誌面で、娘がストリップ劇場の紹介でも、しましたか」

それを無視して、梢田は体を乗り出した。

「タウン誌というのは、何かと対象地域の会社やいろんなお店の、理解と協力が必要でしょう。逆にいえば、それなくしては成り立たない、地域密着型の事業だ。ただ、あまりそれに頼りすぎると、トラブルになりかねない。そのあたりに、配慮をお願いしたいんですがね」

江威子が、割ってはいる。

「あの、まさか〈開陳楼〉のことじゃ、ありませんよね」

テーブルの角を、膝で押しのけぬばかりの見幕だった。

「ほかにもあるんですか」

梢田が聞き返すと、江威子はぐっと言葉をのみ込んで、すわり直した。

すかさず、という感じで、今度は備後が乗り出す。

「〈開陳楼〉の件は、あたしが娘に指示したんですがね。何か、警察が乗り出すような問題が、ありますか」

「別にありませんよ。大部数の定期購読と、広告出稿の強要を除けばね」

梢田の返事に、備後は唇をぐいと引き結んだ。

煙草を灰皿でもみ消し、口をとがらせて言う。

「強要とは、言いすぎですな。おっしゃるとおり、タウン誌は地元のみなさんがたの、購読と広告で成り立ってるんです。その点は、大手の出版社も新聞社も、対象範囲が広いだけで、やってることは同じだ。それくらい、ご存じでしょうが」

梢田が言葉に詰まると、横から斉木が助け舟を出す。

「対象範囲が狭い分、料金を安くするのがふつうだ。〈開陳楼〉は小さくて、安いラーメン屋ですよ。大量に雑誌を買って、ただで配るほどの余裕はない。まして、年間十万を超える広告料など、払えと言う方が無理でしょうが」

江威子が、また口を開く。

「でも、それで納得されて、サインされたわけですから」

「しかし、あの承諾書には金額も書いてないし、店の名前だけで個人名もなければ、ハンコもなかった。あんなものは、なんの証拠にもなりませんよ」

梢田が、あらためて繰り返すと、備後がいきなり立って言う。

「あたしらの世界じゃ、口約束だって十分証拠になるんです。警察の出る幕じゃ、ありませんよ」

そのとき、出入り口のドアがばん、と開いた。

「おい、でかい口を叩くんじゃないぞ、備後」

そうどなって、戸口に立ちはだかったのは、新宿《しんじゆく》中央署から転任して来た、保安一係の巡査部長、高梨一郎《たかなしいちろう》だった。

備後も江威子も、飛び上がるように長椅子を立って戸口を振り向いた。

梢田も、高梨の見幕にあっけにとられ、じっと顔を見つめた。

これまでの、高梨のキャラクターからすると、想像もできない変わりようだ。

横目を遣うと、斉木だけが何ごともなかったように、平然と爪の具合を調べている。

「こ、こりゃ、旦那。どうも、どうも」

備後は、声を裏返してそう言いながら、ぺこぺこと高梨に頭を下げた。

高梨の後ろから、ひょっこり顔をのぞかせたのは、五本松小百合だった。

4

「〈開陳楼〉にもどったら、高梨さんが来てらっしゃったんです」

五本松小百合が言うと、高梨一郎は一転してにこにこ顔になり、人差し指を立てた。

「どうも。ここはひとつ、わたしに任せてもらえませんか」

返事を待たず、またこわもての顔をこしらえて、備後喜一郎に言う。

「おまえもいいかげん、しつこいやつだな。これで、三度目だろうが」

備後は、頭を搔いた。

「いえ。ええと、四度目なんで」

「新宿を出て品川《しながわ》、北千住《きたせんじゅ》、それに今度を入れて、全部で三度じゃないのか」

「その、北千住と神保町のあいだに、浦和《うらわ》がはいってますんで」

梢田はたまらず、声を上げた。

「おい、どういうことだ。説明してくれ」

高梨は、小百合と同じ巡査部長で、梢田より肩書は上だ。

しかし年次は三年下だから、署外ではため口をきくことにしている。当然向こうは、さんづけで呼んでくる。

高梨が、備後と稲山江威子に、顎をしゃくる。

「おまえたちは、そっちのキャビネットの前に、立ってろ」

そう言って、小百合の背を押しながら、応接セットに近づいた。今まで、備後たちがすわっていた長椅子に、どかりと腰を下ろす。

小百合も、それにならった。

備後と江威子が、高梨に言われたとおりあとずさりして、キャビネットの前に移る。まるで、虎ににらまれた小猫のようだ。

梢田はわけが分からず、小百合に目顔でこれはなんのまねだ、と問いかけた。

小百合は小百合で、われ関せずと言わぬばかりに、肩をすくめてみせる。

高梨は、親指でぐいと斜め後ろの備後を指し、早口で説明を始めた。

「備後は、わたしが新宿中央署にいたころ、文化センター通りの裏の路地で、プール・バーをやってましてね。まあ、今でもやってるはずですが、わたしとは古いなじみなんですよ。まだ、とっつかまえたことは、ありませんがね。なにせクスリには、手を出さない男ですから」

思わぬ展開に、梢田はぽかんとした。

かまわず、高梨が続ける。

「こいつ、十年近くも前からテシヨって名前の、愛人というか内縁の妻というか、年下の女と一緒に暮らしてました」

「テシヨ。その名前は、どこかで聞いたぞ。そうだ、〈開陣楼〉の」

梢田が言いかけるのを、斉木が引き留めて言う。

「テシヨとは、妙な名前だな。どんな字を書くんだ」

高梨は、薄笑いを浮かべた。

「笑っちゃいけませんよ、お二人とも。天使の夜と書いて、テシヨと読ませるんです」

「天使の夜だと」

梢田は、笑うよりも、困惑した。

頭の中で、天使夜という字を描いてみたが、とても人名とは思えない。

「もっとも、本名は豊かに志《こころざし》に代わり、と書くらしい。それを天使の夜に、変えたそうです」

豊志代か。

これも、そこそこに変わった名前だが、天使夜よりはまだいくらか、読めそうな気がする。

「とにかくその女が、まさに天使みたいな美女でしてね。今や、五十近い年ですが」

高梨が言うと、後ろで備後がうれしいような困ったような、複雑な顔で眉を動かす。

黙っていた斉木が、急に顎をしゃくって言った。

「天使かなんか知らんが、関係ない女のことはどうでもいい。話を進めろ」

「それがなんと、関係おおありなんですよ、係長。そのプール・バーのすぐ隣に、〈ぶらぶら〉といううまいラーメン屋が、ありましてね」

梢田は失笑した。

話があちこち飛ぶ上に、妙な名前ばかり登場する。

それでも、ラーメン屋と聞いてなんとなく、つながりが出てきたような気がして、すわり直した。

高梨が続ける。

「この〈ぶらぶら〉のおやじが、実は〈開陣楼〉の黒池五郎でしてね。この、黒池のやつと天使夜ができちゃって、三年ほど前に駆け落ちしちまったんですよ」

そのとおりだ、というようにキャビネットの前で、備後が顎を上下させた。いかにも悔しそうに、口を引き結んでいる。

話が急展開して、梢田はまごまごした。

斉木が、口を挟む。

「それで黒池と天使夜は、行方をくらますために品川、北千住、浦和、そして神保町と、ラーメン屋をやりながら、転々としてるというわけか」

備後が、こぶしを振り上げる。

「そうなんですよ、旦那。そのたんびに、あたしたちはあちこち駆けずって、二人を捜し回るはめになるんで」

「あたしたちって、なんであんた一人じゃないんだ。娘と二人がかりで、捜すことはないだろう。そこにいる稲山江威子は、天使夜の娘じゃあるまい。娘にしては、年がいきすぎてるからな。まあ、ちょいと年が離れた姉妹というなら、話は分かるが」

梢田がチェックを入れると、備後はぐいと口を引き結んだ。

代わって、高梨が口を開く。

「二人で捜すのには、理由があるんですよ。実は江威子は、黒池五郎の女房なんです。稲山は偽名か、ペンネームでしょう」

梢田はほとんどのけぞり、斉木と顔を見合わせた。

キャビネットに目を向けると、今度は江威子がまるで聞こえなかったように、マニキュアの具合を調べている。

小百合が、口を開いた。

「どうやら、ほんとらしいんです。つまり、黒池は備後さんから天使夜を横取りして、天使夜は江威子さんから黒池を奪ったと、簡単にいえばこういうことです」

簡単どころか、梢田は頭の中がごちゃごちゃと渦を巻いて、めまいを起こしそうになった。

もっとも、先刻の〈開陳楼〉での、天使夜と江威子の応酬を思い起こすと、ただのビジネス上の交渉ではない、プライベートなニュアンスがあった、という気もする。

斉木が言う。

「駆け落ちしてから、黒池と天使夜はときどき場所を移しながら、ラーメン屋をやってたわけか」

江威子は顔を上げ、肩をすくめた。

「そうです。黒池は、ラーメンを作る以外に、能のない男ですから」

それから、しれっとして付け加える。

「でも、黒池のラーメンは天下一品というか、日本一うまいんです」

どこか、誇らしげだった。

備後が、キャビネットにもたれたまま、梢田に両腕を広げてみせる。

「そのたびに、あたしはあちこちに網を張って、二人のラーメン屋を捜し出した。それだけ苦労もしたし、金も遣った。最初に見つけたときは、思わず叫びましたよ」

一度言葉を切り、大声で続ける。

「ビンゴ、とね」

だれも、笑わなかった。事務所の中が、ことさら静かになる。

備後はしゅんとして、鼻の下をこすった。

少し間をおき、高梨が何ごともなかったように、低い声で言う。

「備後は見つけるたびに、もとのさやにもどってほしいと、二人を説得したらしいです。しかし二人とも、それに応じなかった。すると備後は、若い者を使って店にいやがらせをしたり、悪い評判を流したりして、商売のじゃまをする。そのたびに、黒池と天使夜は夜逃げして、行方をくらます。その繰り返しでした」

斉木が、高梨をさえぎる。

「待て。今、若い者を使って、と言ったな。手下がいるのか」

「います。お見かけどおり、備後は新宿に縄張りを持つ組織暴力団、手塩《てしお》組の組長なんです。といっても、せいぜい構成員が十数人の、ちんぴら暴力団ですけどね」

それを聞いて、備後はいかにも不満そうに、肩を揺すった。

高梨が続ける。

「そして、黒池はですね、手塩組の若頭でした」

「ほんとか」

思わず梢田が聞き返すと、備後がここぞとばかりに、まくし立てる。

「ほんとですよ、旦那。こともあろうに、若頭が親分たるおれの女房を寝取って、逐電したんだ。仁義もくそも、あったもんじゃねえ。落とし前をつけずにゃ、いられねえでしょうが」

斉木が笑う。

「落とし前って、もとのさやにもどればそれでよしと、そういうことか。昔なら、二人を簀巻《すま》きにして、川へ投げ込むところだぞ」

備後は、フランス人のように肩をすくめ、両手を広げてみせた。

「きょうびのやくざは、そんな野蛮なことはしないんですよ、旦那。今度だって、御茶ノ水に神保町とくりゃあ、りっぱな文教地区だ。若いのを送り込むには、お上品すぎる町ですわな。だから、タウン誌の購読料と広告費で締めつけて、もとのさやへもどそうとしたんだ。それに、正直なところ黒池からはまだ、さかずきを返してもらってねえ。つまりやつは、いまだに暴力団員ってわけです。そいつをサツにちくったら、この管内じゃ商売ができなくなる。それやこれやで」

続けようとするのを、梢田はさえぎった。

「黒池がまともに働いてるなら、おれたち警察が文句をつける筋合いは、どこにもない。まあ、それで気がすむなら、離婚訴訟を起こすなり、慰謝料を要求するなり、法的措置を取ればいいさ。娘さんは、何かと法的手続きが、お好きなようだからな」

それを聞くと、江威子は鼻の穴をぎゅっとすぼめ、とがらせた口をぐるりと回して、抗議の意を示した。

斉木が、咳払いをする。

「五本松。さっき梢田と別れて、〈開陳楼〉へもどったあと、何か進展はあったのか」

「ええ、まあ。いあわせた高梨さんが、いろいろ口添えをしてくださって」

高梨は、照れたように、耳の後ろを掻いた。

「わたしも、あの二人が北千住に移ったあたりまでは、把握してたんですがね。しかし、そこから浦和に落ち延びたあげく、近ごろ都内へ舞いもどって来たことまでは、知りませんでした。たまたま、〈Go to Ocha-Jin〉の創刊号で紹介記事を見て、初めて気がついたような次第でね。そこで、きょうのぞきに行ったら、五本松巡査部長が」

斉木が、いらだった様子で、それをさえぎる。

「そんなことは、どうでもいい。店で、どんな進展があったんだ」

小百合は、背筋を伸ばした。

「それがその、〈開陳楼〉は定期購読もするし、広告も毎号出稿する、ということになりました」

梢田は驚き、江威子を見た。江威子も、びっくりしたように、目を丸くする。

小百合は、おもむろに続けた。

「ただし、購読部数は毎号十部、広告出稿料は制作費込みで、一回当たり五千円という条件です」

備後はどつかれたように、キャビネットから身を起こした。

「ということは、口約束したときの、ほとんど十分の一じゃねえか。冗談はやめてくれ。それじゃ、みかじめ料にもならねえぞ」

斉木が、備後に指をつきつける。

「言葉に気をつけろ。みかじめ料は、取る方も払う方も違法だ。そういう趣旨なら、署へ来てもらうことになるぞ」

備後はあわてて、手を振った。

「冗談、冗談ですよ、旦那。みかじめ料は取らねえし、若い者を送り込むこともしませんよ。このタウン誌も、廃刊にしますから」

梢田は手を上げた。

「待て待て。何も、廃刊にすることはないぞ。これはこれで、よくできたタウン誌だ。地道にやれば、きっと評価が上がる。続けりゃいいだろう」

「しかし、地道にやってたら、赤字になりますぜ。だいいちこっちは、それが目的じゃないんですから」

「落とし前をつけるなら、もっと単純明快な方法があるだろう」

梢田が言うと、備後の顔がぱっと明るくなった。

「そうだ、そのとおりだ。分かりました」

「いい手を思いついたか」

「思いつきましたよ。やつらを簀巻きにして、神田川にほうり込んでやります」

*

外へ出ると、斉木は署とは反対方向の、皀角坂《さいかちざか》の方へ歩きだした。

「どこへ行くんだ。署はこっちだぞ」

梢田が声をかけると、斉木は振り向かずに応じた。

「後楽園《こうらくえん》で、場外馬券を買ってくる。おまえは署へもどって、報告書を書いておけ」

高梨が、斉木の後ろ姿を見ながら、顔を寄せてささやく。

「係長は〈開陳楼〉へ、天使夜の顔を見に行きますよ。わたしは、そっちに賭けますね」

小百合が、歩きだしながら振り向き、顎をしゃくる。

「係長が、機嫌を悪くしてもどっても、わたしは知りませんよ」

「そりゃ、どういう意味だ」

梢田が聞き返すと、高梨は頬を掻きながら言った。

「黒池のつらを見りゃ、天使夜がどんなご面相の女か、想像がつくでしょう」

梢田は一瞬絶句して、高梨の顔を見直した。

息をはいて言う。

「もしかして、〈われ鍋にとじ蓋〉ってやつか」

高梨はそれに答えず、さっさと歩きだした。

もう一度振り向いた小百合が、意味ありげににっと笑う。

不良少女M

1

「ねえ、おじさま。何か、ごちそうしてくださらない」

いきなり、後ろから女に声をかけられて、梢田威《こずえだたけし》はぎくりとした。

振り向くと、白いブラウスに赤いボウタイを結び、クリーム色のカーディガンを着た女が、にこりと笑った。

背は百六十センチかそこらで、グレンチェックの短めのスカートに、膝下まである白のロングソックス、それに地味な平底の黒い靴、といういでたちだ。

一瞬、そのいでたちが女子高生に見え、とまどいを覚える。

近ごろ、セーラー服やブレザータイプのほかに、かぎりなく私服に近い制服もあって、外見だけでは判断がつかない。

しかし、よく見れば口紅と頬紅をくっきりと、塗りたくっている。さすがに女子高生、という風情ではない。女とも、少女ともつかぬ、微妙な年ごろだ。

駿河台下《するがだいした》から、靖国《やすくに》通りを西へたどって行くと、神保町《じんぼうちょう》の交差点の少し手前に、老《し》舗《にせ》の古書店、一誠堂《いっせいどう》書店がある。

　梢田はその角を、左にはいって来たのだった。

　二十メートルほど歩くと、中ほどで少しずれた十字路にぶつかる。そのまま路地を直進すれば、すずらん通りに出る。

　直進せずに、十字路を右へ曲がれば、昔ながらのカフェ〈さぼうる〉の、袖看板が見える。

　梢田は、ちょうどその十字路に、差しかかったところだった。

　梢田は前後を見渡し、ほかにだれもいないのを確かめた。

　女に目をもどして、聞き返す。

「何か言いましたかね」

　女は笑みを消し、早口に応じた。

「わたし、おなかがすいてるんです。ごちそうしてもらえませんか」

　唐突な上、遠慮のないおねだりをされて、さすがに返事に窮する。

「ええと、その、うちに帰って、食べたらどうかな」

「うちは奄美大島《あまみおおしま》で、帰るまで持たないんです」

　奄美大島と聞いて、思わず笑ってしまった。

「それは確かに、ちょっと遠いな。東京に親戚か、知り合いはいないの」

「頼れる人は、いません。お金がないんです」

奄美地方らしい訛《なま》りはなく、きれいな標準語だ。

ともかく、率直というよりあけすけなおねだりに、困惑する。

そもそも、なぜ自分に声をかけてきたのか、分からない。たまたま、だれも歩いていなかったせいか。

とはいえ、まだ人通りが途絶えるほど、遅い時間でもない。

梢田は即答を避け、口調をあらためた。

「きみ、働いてるの。それとも、学生さんか」

「高校三年生です」

ちょっとたじろぐ。

確かに、女子高生に見えなくもないが、薄暗い街灯の明かりだけでは、ほんとうかどうか分からない。

だいいち、午後九時半前後という半端な時間帯に、女子高生が盛り場でもない場所を、こんな格好で歩くとは思えない。むろん、まともな女子高生ならば、の話だが。

「まさか奄美大島から、毎日かよってるわけじゃないだろう」

「東京にいる、奄美出身の先生のおうちに、下宿してるんです」

頼れる人が、いるではないか。

「地下鉄有楽町《ゆうらくちょう》線の、氷川台《ひかわだい》から徒歩十分くらいのところ」

「先生の住まいはどこ」

「市ケ谷《いちがや》の、五葉《ごよう》女子学園です」

「学校は」

だとすると、学校までは確か乗り換えなしで、行けるはずだ。

それにしても、五葉女子学園といえばなかなかの名門、と聞いている。地方から出て来て、兄弟や親戚の家からかよう生徒も、少なくないらしい。

「ところで、きみの名前は、なんていうの」

「エムです」

即答はしたが、それでは答えにならない。

「エムだけじゃ、分からないな」

「エイチ・エムです」

梢田は苦笑した。

Mでも H・Mでも、分からないのは同じだ。

「だったらまあ、M子ってことにしておくか」

「子は、いらないんですけど」

「分かった、分かった。ただのMだな」

「そうです」

「お化粧してるけど、学校帰りじゃないだろうね」

「学校帰りですけど、夕方から秋葉原《あきはばら》のメイドカフェで、アルバイトしてるんです。といっても、下宿先の先生には、内緒なので」

そこで言葉を切り、あとは察してくれと言わぬばかりに、下を向いてしまう。

「そりゃそうだろう。五葉といえば、名門校だからな。化粧をしたうえ、メイドカフェでアルバイトなんて、許されないだろう」

「はい」

うつむいたまま、しおらしくうなずく。

昭和の時代に死語になった、不良少女という呼び名が浮かんできて、なんとなくほうっておけなくなった。

「晩飯、まだなんだな。腹が減ってるのか」

「ええ、とっても」

「持ち合わせがないのか。せめて、ラーメン食うくらいの」

「それが、一文なしなんです。一時間くらい前に、神保町の駅でパスモをチャージしたとき、カウンターに財布を置き忘れちゃって。改札口で気がついて、すぐにもどったんですけど、もうありませんでした。一分もたってないのに」

「お金だけじゃなくて、学生証とか定期券とか、はいってなかったのか」

「だいじなものは、別のポーチに入れてあります。財布には五千円と小銭、文房具店のポイントカードや、シールくらいしかはいってません」

定期券があるなら、家に帰ることはできるはずだ。パスモを使って、コンビニで軽食を買う手もあるだろう。何か別に下心があるに違いない。

とぼけて聞く。

「駅員には、聞いてみたか」

「ええ。駅員さんはすぐに、駅に届いてるかどうか、調べてくれました。でも、届いてませんでした。たぶん、後ろに並んでた人が、持ってっちゃったんだと思います」

「後ろにいたのは、どんなやつだった」

「よく覚えてません。中年の男の人だった、くらいしか」

「交番には行ったの」

「行こうかと思ったけど、まさか地下鉄の構内で見つけた財布を、外の交番に届ける人はいませんよね。それに、後ろにいた男の人がそのまま、財布を持って行ったとしたら、届けるはずがないし」

その口調は、財布をなくした女子高生にしては、妙にあっけらかんとしていた。

交番は、すずらん通りから白山《はくさん》通りに出て、左へ五十メートルほど歩いた右側にある。

梢田もときどき立ち寄るし、顔見知りの巡査もいる。

しかしMの言うとおり、駅で見つけた財布をわざわざ、外の交番に届ける者はいないだろう。後ろで、Mが財布を忘れたのを見た男が、そのまま持ち逃げしたに違いない。あくまで、Mの言い分を信じれば、の話だが。

しかたなく、梢田は聞いた。

「で、何が食いたいんだ。ラーメンくらいでいいのか」

Mは、人差し指の先を頰に当てて、首をかしげた。

「ええと、ラーメン以外でもいいですか」

「常識の範囲内ならいいが、くそ高いものはだめだぞ」

「くそ高いものって」

聞き返されて、ちょっと言葉に詰まる。

その種のものとは、あまりにもご無沙汰しすぎて、急には名前が出てこなかった。

「たとえばだな、ステーキとかしゃぶしゃぶとかふぐとか、せいこガニとかいうやつだ」

「せいこガニって、なんですか」

梢田は、こめかみを掻《か》いた。

「甲羅が、松田聖子《まつだせいこ》の顔に似てる、高いカニだ」

くふふと笑って、Mは梢田のジャケットの胸を、気安く叩《たた》いた。

「冗談ばっかり。それに、松田聖子なんて、古すぎじゃないですか。わたしから見たら、もうおばさんどころか、ほとんどおばあさんですよ」

苦笑する。松田聖子が聞いたら、怒るだろう。

「まあ、要するに、日本海の方でとれる、なんとかいうカニの雌だ。ミソだかタマゴだかが、うまいらしい。どうせ食わないんだから、知る必要はないさ」

実のところ、梢田も食べたことがない。

Mは、首をかしげて少し考え、上目遣いに言った。

「お寿司《すし》なんか、高すぎますよね。回転寿司でも、いいんですけど」

「神保町には、回転寿司なんて気のきいた寿司屋は、見当たらないよ。あったとしても、はいったことないな」

そう言いながら、梢田は頭の中にちょび髭《ひげ》を生やした、〈しげ勘《かん》〉の親方の顔を思い浮かべた。あの親方なら、なんとかなりそうだ。

携帯電話を取り出す。

「ふつうの寿司屋なら、なんとかなるかもしれん」

日曜日に、競馬で大穴に近い連勝を当てて、ふところがいささか温かい。むろん、だれにも言ってない。ことに斉木斉《さいきひとし》には、絶対知られたくない。

Mに背を向け、番号を押した。

コール音が続き、だれも出てこない。親方の矢藤茂《やとうしげる》は、客が切れるとさっさと早じまいする、悪い癖がある。

辛抱強く鳴らしつづけると、まだ店にいたことはいたとみえ、不機嫌そうな声で出てきた。

「もしもし。もう、看板なんですが」

「だろうと思ったけどね」

「どちらさんですか」

「ええと、御茶《おちゃ》ノ水《みず》生活安全サービスの、梢田だけど。これから二人、三十分だけお願いできないかな。残り物でいいから」

少し間があく。

「斉木係長と、ご一緒ですか」

「ま、まさか。品の悪い客とは、一緒に行かない主義でね。実は、女の子なんだが」

ため息が聞こえる。

「巻き物くらいでよければ、どうぞ」

「助かった。五分で行くから」

電話を切り、向き直る。

Mの姿はなかった。

2

かわりに、そこに立っていたのは、五本松小百合《ごほんまつさゆり》だった。

梢田威は、驚いてのけぞった。

「どこへ電話してたんですか」

小百合が、梢田をじろじろ見ながら、とがめるように言う。

梢田は、わざとおおげさに咳《せ》き込んで、時間を稼いだ。

Mと一緒のところを、小百合に見られたかどうか分からず、とりあえずとぼけることにする。

ハンカチを出し、ちんとはなをかんでから、おもむろに言った。

「いや、ここまで来たついでに、〈しげ勘〉に寄ろうと思って、電話したところなんだ」

小百合が、疑わしげに首をかしげる。

「まだ、あいてましたか」

「ええと、うん、あいてた。もう看板だったらしいが、名前を言ったらオーケーだと」

小百合は、さっきのMと同じように、人差し指の先を頬に当てた。

「珍しいですね。ご一緒して、いいですか」

いきなりの申し出に、梢田は内心焦りながら、作り笑いを浮かべた。

「もちろん。係長もいないし、ゆっくり話ができる」

Mが、なぜ姿を消したのか分からないが、このままいなくなってくれれば、むしろありがたい。小百合が相手なら、喜んでごちそうしてやる。

梢田は、小百合と白山通りを渡って、神保町交番の手前を右にはいった。むろん、Mの姿はどこにもない。

突き当たりの、雉子橋《きじばし》通りを左に行けば、すぐに日本教育会館がある。会館の地下には、居酒屋や喫茶店がはいっており、まだ営業していた。しかし客は少なく、静かだった。

奥の〈しげ勘〉はもっと静かで、すでに準備中の札が出ていた。

中にはいると、親方の矢藤茂が梢田を無愛想に、見返してくる。

しかし、後ろにいた小百合を一目見るなり、早変わりした歌舞伎役者のように、愛想のいい笑顔をこしらえた。

「らっしゃい」

小百合が、しおらしく挨拶する。

「こんばんは。遅くに、すみません」

「いやいや。部長さんなら、いつでも大歓迎ですよ。梢田さんが、女の子だなんて言うもんだから」

梢田は、あわてて割り込んだ。

「おれから見れば、年下はみんな女の子だ」

矢藤が話に割り込まないように、奥のテーブル席にすわりたかったが、小百合はカウンターのど真ん中に、さっさと腰を落ち着けた。

しかたなく、隣にすわる。

小百合は言った。

「親方ったら、部長というのは、やめてくれませんか。斉木係長がただの係長だと、わたしの方が偉く聞こえますし」

「だけど、巡査部長って呼ぶわけにいかないし、部長だけならいいじゃないですか」

「五本松が呼びにくければ、せめて主任にしてください。いちおう、そういう位置づけなので」

「分かりましたよ、主任さん」

梢田は割り込んだ。

「おれは巡査長だから、ただの長さんでいいよ」

矢藤がじろり、と横目を遣う。

「梢田さんは、梢田さんでいいんです」

そう決めつけて、後ろの棚から、〈御茶ノ水警察署拳法部〉と書かれた徳利《とっくり》を取った。

てきぱきと、水割りのセットを用意する。

「それって、変な虫を寄せつけないための、おまじないじゃないのか」

梢田が言うと、小百合が応じた。

「五本松がプライベートで、中身を入れておきました。係長には、内緒ですよ」

苦笑する。

矢藤にセットを渡され、梢田は手際よくグラスに焼酎の水割りを二つ、こしらえた。

乾杯しているあいだに、矢藤がすばやくマグロとタコを切って、つまみにして出す。

「さっき、巻き物しかできない、とか言わなかったか」

嫌みを言うと、矢藤は親指の爪で、ちょび髭をなでた。

「ケースの隅に、残ってたんですよ」

言い捨てて、奥の調理場に姿を消す。

小百合が低い声で、前触れなしに言った。

「Mと、なんの話をしてたんですか」

ぎくりとして、マグロを取りそこなう。

やはり、一緒にいるところを、見ていたのだ。

しかも、頭文字を口にしたところからして、Mのことを知っているらしい。

「見てたのか」

「ええ。Mも五本松に気がついて、すばやく逃げましたけどね」

梢田はマグロを食い、焼酎を飲んだ。

Mが、なぜ逃げたのか、分からない。

ともかく、見られたとあっては、隠しても始まらないだろう。

Mに声をかけられ、互いにやりとりした内容を、かいつまんで話す。

聞き終わると、小百合は横目でにらんできた。

「Mと、つまり若い女の子と、ここへ来るつもりだったんですね」

「まあ、そんなとこだ。それより、どうしてMのことを、知ってるんだ。秋葉原のメイドカフェで、アルバイトをしてると言ってたが」

「だいぶ前ですが、駿河台下に〈ジャネイロ〉という、セーラーカフェができたことが、ありましたよね」

すぐに思い出す。

「あった、あった。女の子がみんな、セーラー服を着てたカフェだな」

もっとも、神保町文化にまったくなじめず、店は三ヶ月ともたずにつぶれた。

矢藤が、奥の調理場から出て来て、寿司を握り始める。

梢田は、小鰭《こはだ》と赤貝と鯵《あじ》と穴子と小海老《こえび》、それにイクラと雲丹《うに》を頼んだ。小百合も、右にならえをした。

矢藤は、それらのネタを立て続けに握って、柾目《まさめ》の檜《ひのき》の盛り込み台に載せ、二人の前に置いた。

それから、おもむろに暖簾《のれん》の奥へ引っ込む。どうやら、口を出さない方がいい、と判断したらしい。そのあたりの呼吸は、よくわきまえている。

梢田は、小声で言った。

「Mのことを、どこで知ったんだ。それにH・Mは、なんの頭文字なんだ」

「頭文字じゃありません。エムは、油絵の絵に夢と書く、れっきとした漢字です」

虚をつかれて、顎をなでる。

「ははあ、絵夢ね。しかし名字のエッチは、なんなんだ」

「エッチじゃなくて、エイチです。栄えるに地球の地で、えいちになります」

梢田は、栄地絵夢という字を思い浮かべ、苦笑いした。

口で言うと、アルファベットの頭文字に聞こえるが、りっぱな漢字の名前だったのだ。

小百合が説明する。

「ちょうど、四週間前の金曜日の夜ですけど、すずらん通りの南側にある、三井《みつい》ビルのイタリアンの店で、第一方面本部の同期の女子会が、あったんです。お開きになったあと、地下鉄で帰ろうと思って、一人ですずらん通りに回ったら、絵夢が中年の男性と歩いているのが、目に留まりました。絵夢は、さっきと同じような格好をしていて、離れたところからだとまさしく、女子高生に見えたんです。二人の歩き方が、なんとなくぎこちなかったたし、親子とか知り合いとかいうような、親しい関係じゃない雰囲気でした」

そこで、にわかに職業意識がわいてきて、小百合は二人のあとをつけた、という。

近ごろ、女子中学生や高校生のあいだで、中高年の男をつかまえて、いかがわしいサービスをする、小遣い稼ぎがはやりつつある、と聞いていたからだ。

絵夢と男は、白山通りを渡ってさくら通りにはいり、さらに雉子橋通りも渡った。豪壮というか瀟洒《しょうしゃ》というか、はっきり言えばどちらでもない、近代的な集英社のビルの横手を抜けて、正面の日本橋川《にほんばしがわ》の上を走る、首都高速道路の方へ向かう。

その通りは、ぼんやりと街灯がついているものの、ほとんど人の姿がない。先へ行くほど、中小のビジネスビルが建ち並ぶだけで、夜間はほぼ人影が途絶えてしまうのだ。

二人は、川端を走る一方通行の道の、少し手前の角を左にはいった。

小百合は、小走りに二人のあとを追って、曲がり角からのぞいた。絵夢と男は、路地の中ほどの左側にある、小さなビルにはいった。

「そこは長いあいだ、更地のままだったんですけど、いつの間にか〈ドルミル九段《くだん》〉という、六階建てのミニマンションが、建っていました」

梢田は、グラスを置いた。

「ああ、その空き地なら、おれも見た覚えがある。この辺じゃ珍しい、戸建ての民家が残ってる路地だろう」

「そう、その古い民家の、隣です。一階が、自転車置き場とごみの集積ボックスで、二階から上が一戸ずつの、住居になっています。一室の広さはどれも、三十五平米前後でしょう」

「どの部屋にはいったか、確認できたのか」

「ええ。見上げていると、一分ほどで三階の部屋の小窓に、明かりがつきましたから」

「メールボックスを確かめたか」

「もちろん。でも、名前を表示している部屋は、一つもありませんでした。空き室も、交じっているかもしれませんが」

「それから、どうした」

小百合は靖国通りに出て、自動販売機で温かいお茶を買い、マンションにもどった。見張っていると、一時間ほどして連れの男が一人だけで、出て来た。

それをやり過ごし、さらに小一時間待ってみたが、絵夢は出て来なかった。

翌日は、土曜日だった。

一時期、学校が土日の二日間を休みにする、妙な制度を取り入れたことがあった。しかし今は、ほぼ土曜日も登校するもとの体制に、もどっている。

ふつうの学校なら、絵夢も翌日登校するはずだ。

たまたま小百合は、翌日が明け番で休みだった。

そこでその夜、近くにある〈サクラホテル〉に泊まり、翌朝早く〈ドルミル九段〉に出直した。

案の定、絵夢は七時半にマンションを出て、地下鉄の九段下《くだんした》駅に向かった。

さすがに化粧を落とし、女子高生らしい別の服を身につけて、グレイのしゃれたバックパックを、背負っていた。ただ、限りなく私服に近い仕立ての制服で、雰囲気は前夜とたいして変わらなかった。

絵夢が登校した先は、市ケ谷駅から徒歩十分の女子校、五葉女子学園だった。

それを聞くと、梢田はグラスに伸ばした手を止め、小百合を見た。

「さっき立ち話をしたとき、絵夢は確かに五葉女子学園と言った。ほんとだったんだな」

小百合は、肩をすくめた。

「ふうん。よく、正直に言いましたね」

「しかし五葉女子学園といえば、東大合格者をかなりの数出してる、れっきとした名門校だろう。そんな学校に、あやしい小遣い稼ぎをする生徒がいるとは、信じられんな」

「さあ、どうかしら。それはちょっと、無邪気すぎる見方ですね」

梢田は、くさった。

「まあ、おれは女子校にかよったことが、ないからな。それにしても、よく栄地絵夢の名前を、突きとめたじゃないか」

小百合が、指を立ててみせる。

「実を言うと、有名私立校の顔写真入り在校生、卒業生の名簿を相当数所有している、ノミナル・レジスターという名簿業者がいます。そこで、〈五葉〉の名簿の顔写真を当たって、身元を調べたんです。栄地絵夢、高校三年E組。住所は、練馬《ねりま》区氷川台二丁目、遠山《とおやま》アイ方。アイはラブの愛です」

「化粧していたのに、よく見分けたもんだな」

感心して言うと、小百合は小首をかしげた。

「五本松の顔認証能力は、コンピュータも顔負けですから」

ともかく、小百合の手際のよさには、ほとほと感心する。

それにしても、そんな名簿業者が存在するとは、知らなかった。

考えてみれば、その種の名簿をほしがる団体、個人が相当数いるであろうことは、容易に想像できる。十分、商売になるだろう。

梢田は、おしぼりで手をぬぐい、腕を組んだ。

「学校も、名前も住まいも、絵夢から聞いたとおりだ。絵夢はさっき、奄美大島出身の先生の、氷川台の家に下宿している、と言ったんだ。そのあたりは、正直な女子高生だな」

小百合が、眉根を寄せる。

「遠山愛は、絵夢の保護者の代理人にも、なっています。〈嘉日《かじつ》学園〉という別の女子校で、国語の教師をしているそうです。こちらは、名門でもなんでもないですけど」

「それも、なんとかレジスターの情報か」

「はい。ノミナル・レジスターは、かなりのレベルまで個人情報を、把握しています」

まったく、プライバシーを守りにくい世の中に、なったものだ。

「すると、〈ドルミル九段〉のことも、載ってるのか」

「さすがにそれは、載ってませんでした。通学に便利なように、奄美の親と遠山愛の了解を得て、学校には内緒で借りてるんでしょう」

梢田は、こめかみを搔いた。

「だとしたら、理解のある親だな」

小百合が、口調を変えて言う。

「それより、梢田さんはこんな時間に、どうして一誠堂の裏などを、うろうろしてたんですか。きょうは、早くに署から姿を消したように、お見受けしましたけど」

小百合の質問に、梢田は残った雲丹を口にほうり込み、時間を稼いだ。

焼酎を飲み、おもむろに答える。

「正直に言うが、実は宿直室にこもって、昇任試験の試験問題の、おさらいをしてたんだ。係長には、内緒だがな」

小百合は、眉をぴくりとさせた。

「それを終えてから、神保町へおりてらっしゃったんですか」

「まあな。〈金魚〉あたりで、軽く腹ごしらえをしようかと思ってな」

嘘《うそ》ではない。

〈金魚〉は、最近すずらん通りに新規開店した、居酒屋のチェーン店だ。

そこは、ときどきマッサージしてもらいに行く、〈さわやか治療院〉の女性整体師たちが、仕事を終えたあとでよく立ち寄る、なじみの店だった。

ことに金曜日は、みんな集まる。

その中に、いつも梢田をもんでくれるぽっちゃり型の、かわいい子がいるのだ。

おおむね、仲間の整体師と一緒に来るので、個人的に誘うわけにもいかない。ただ、おしゃべりするだけで終わるのだが、息抜きになるのは確かだった。

競馬で当てたときは、全員におごったりすることもあり、この日もそのつもりでいたのだ。

小百合がまじめな顔で、のぞき込んでくる。

「話をもどしますけど、さっきは絵夢に誘われたんですか。つまり、お小遣い稼ぎに」

梢田はわざと、むっとした顔をこしらえた。

「いや。財布をなくして、一文なしだから飯をおごってくれ、と言われただけだ」

残念ながら、小百合がそれを信用した様子は、うかがえなかった。

「つまり、話が肝腎なところへ行く前に、五本松がじゃまをしたわけですね」

少し考える。

「そのことだが、絵夢は五本松の姿を見たとたんに、逃げ出したわけだろう。つまり、あの子は五本松の正体を知ってる、ということだ。そのあたりのいきさつを、聞かせてもらいたいな」

小百合の表情が、複雑な色を帯びる。

「そのことですけど、あの子は人並み以上に勘が鋭いとしか、言いようがありませんね。実のところ、四週間前から今日まで金曜ごとに、この周辺を巡回してきたんです。私服ですし、もちろんパトロールしてます、なんて顔はしてませんけど」

一呼吸入れ、寿司をつまんで続ける。

「そして毎回、偶然のように絵夢が客を物色しているのを、見かけたんです。ところが、監視しているさなかにかならず一度は、絵夢と目が合ってしまう。ほんの一瞬、ですけどね。それが先々週、先週と二度続いたので、これはまずいと思いました」

「五本松らしくないな。まず、監視対象に直接目を向けるなんて、プロのやることじゃないぞ」

「それは重々、分かっています。でも、なぜか目を向けずには、いられなかったんです。絵夢には、どこかいっときも目を離せないような、不思議な引力があって」

考えてみれば、梢田もなんとなく絵夢に言われるまま、寿司をごちそうしようとしたではないか。

絵夢にはどこか、ひとを引きつけるものがあるらしい。

そのとき、カウンターの下の物入れから、コール音が聞こえた。

小百合は、急いで携帯電話を取り出し、耳に当てた。

「はい。はい。分かりました」

短く答え、暖簾の奥に呼びかける。

「親方。お勘定、お願いします」

梢田は、内ポケットに手を入れた。

「きょうは、おれがごちそうする。係長には内緒だが、大穴を当てたんだ」

「いいです、いいです。これは業務がらみですから、五本松があとで精算します」

小百合がささやいたとき、暖簾のあいだから矢藤が顔をのぞかせた。

「お勘定は、どちらで」

「おれだ」

「わたしにお願いします」

矢藤は、梢田と小百合の顔を見比べ、ぶっきらぼうに言った。

「それじゃ、長さん。五万にしときます」

思わずのけぞる。

「おいおい、いつからここは、銀座になったんだ」

小百合が、手を上げて言った。

「やっぱり、五本松が払います。領収書を、よろしく」

矢藤が、相好《そうごう》を崩す。

「へい、まいど。それじゃ、一万で」

「待て待て。おれだと五万で、五本松なら一万とは、どういうことだ。逆ならまだ、話が分かるが」

梢田が苦情を言うと、矢藤は真顔にもどった。

「冗談、冗談。だいいち、五万の領収書じゃ、係長がハンコを押しませんやね」

3

地上に出る。

雉子橋通りは、車の行き来があるだけで、人影はほとんどなかった。

五本松小百合が、専大前《せんだいまえ》の交差点の方に歩きながら、低く言う。

「さっきの電話、斉木係長からでした」

梢田威は、驚いて小百合を見た。

「係長だと。なんの用だ。はいはい分かりました、だけじゃなんのことか、分からんぞ」

「実は、ついさっきまで係長と、一緒だったんです」

「ついさっき、とは」

「絵夢が、五本松と目が合って、逃げ出すまで」

小百合の返事に、思わず足を止める。

「ほんとか。それで、係長はどうした」

小百合も立ち止まり、ばつが悪そうに梢田を見上げた。

「絵夢のあとを、追いかけて行きました。係長は、面が割れてませんから。きょうで、四度目の金曜日になるので、出る前に五本松からいちおう、事情を報告したんです。そうしたら、たまたま梢田さんの姿が見えないし、二人で神保町をパトロールしよう、ということになって」

そこで言いさし、口をつぐむ。

斉木斉が、すでに首を突っ込んでいたと知って、梢田はいささか憮然《ぶぜん》とした。へたに試験勉強など、するものではない。

小百合が、また口を開く。

「でも、梢田さんが絵夢の相手になりかけるなんて、偶然もいいとこですね」

梢田が歩きだすと、小百合もついて来た。

「百歩譲って、かりに誘われたとしても、相手になる気はなかったぞ。〈しげ勘〉で寿司を食って、さよならするつもりだった」

「もちろん、それは信じてます」

信じてます、などと言われると、むしろ信じていないように聞こえて、梢田はますます落ち込んだ。

「まあいい。それで係長から、どういう電話だったんだ」

「係長は、例の〈ドルミル九段〉に曲がる角で、待機しているそうです」

「すると、あれから絵夢はまた神保町を徘徊《はいかい》して、小遣い稼ぎの相手を見つけた、というわけか」

「じゃないか、と思います。だとしたらこの際、教育的指導をしてやらないと」

雉子橋通りを渡り、集英社の横手を抜けて、高速道路の方へ向かう。

小百合が話したとおりの場所に、真新しいミニマンション〈ドルミル九段〉が、建っていた。

しかし、路地の角にも建物の周辺にも、斉木の姿は見えなかった。

梢田は、小百合と手分けして、そのあたりを一回りした。斉木は見つからなかった。

小百合が、建物を見上げる。

「絵夢が中にいることは、間違いなさそうですね」

確かに、路地に面した明かり取りの小窓に、光が当たっている。

「まさか係長も、中にはいったんじゃないだろうな」

梢田が言ったとき、曲がり角からだれかが路地に、はいって来た。

街灯の光に照らし出されたのは、右手にビニール袋をぶら下げた、斉木だった。

梢田が口を開こうとすると、斉木は人差し指を唇に当てて、しっと合図した。

そばへ来るのを待ち、梢田は勢い込んで聞いた。

「絵夢が、小遣い稼ぎの相手を、くわえ込んだのか」

斉木が、ぶすっとした顔で応じる。

「まあ、そんなところだ」

小百合が、割り込んできた。

「そのビニール袋、〈成城石井《せいじょういしい》〉の袋ですよね」

梢田は、斉木の手元を見た。

ぶら下げているのは、確かに専大前の交差点の近くにある、スーパーマーケット〈成城石井〉の袋だ。

「そうだ。酒とつまみを、買って来た。とにかく、部屋に上がろう」

梢田は顎を引き、斉木を見直した。

「部屋に上がる、だと。おい、おい。まさか、絵夢の小遣い稼ぎの相手というのは、あんたじゃないよな」

「おれじゃ悪いか」

そう言って、さっさと階段口に向かう。

梢田も小百合も、すっかり言葉を失ったかたちで、顔を見合わせた。

「どうなってるんだ、いったい」

「分からないわ。とにかく、上がってみましょう」

二人は前後して、玄関ホールにはいった。

エレベーターはなかった。しかたなく、斉木の足音を追って、狭い階段をのぼる。

どやどや、という感じで三階の部屋に、乱入した。

狭い靴脱ぎの奥に、十畳ほどのリビング・ダイニング・キッチンが、控えていた。奥のドアは、寝室だろう。

手前の、応接セットの椅子にすわる、栄地絵夢の姿が目にはいる。びっくりした顔で、梢田たちを見返してくる。赤い口紅と頬紅が、ぷるぷると震えた。

何より驚いたのは、部屋の壁いっぱいに貼り巡らされた、大きなポートレート写真の数かずだった。

大山康晴《やすはる》。升田幸三《ますだこうぞう》。原田泰夫《やすお》。芹沢博文《せりざわひろぶみ》。大内延介《のぶゆき》。二上達也《ふたがみたつや》。米長邦雄《よねながくにお》。

そのあたりまでは分かるが、あとは顔を知らない過去の棋士が、ずらりと顔をそろえている。

絵夢の前のテーブルには、榧《かや》の本格的な五寸の将棋盤が、置いてあった。

斉木が言う。

「こいつが、おれの部下の、梢田威。こっちが事務員の、五本松小百合だ。よろしくな」

絵夢が、ぴょんと立った。

「さっきは、どうも。みなさんがお知り合いとは、全然知りませんでした。どうぞよろしく」

そう言って、悪びれもせずに、ぺこりと頭を下げる。

「ああ」

「よろしくね」

梢田も小百合も、ほかに言う言葉がない雰囲気で、それぞれ挨拶した。

何がなんだか分からず、梢田が立ったままとまどっていると、斉木が小百合に言った。

「五本松。ぼやぼやしてないで、飲み物とつまみを用意してくれ。飯は食ったからいい」

ビニール袋を渡され、小百合があわてて奥のキッチン・スペースへ、場所を移す。

戸棚から、コップや皿を出しているあいだに、斉木が梢田を見て言った。

「おまえ、絵夢と一局指してみろ。いい勝負だと思うぞ」

梢田は、忙しく考えを巡らした。

なんとなく、筋書きが読めてくる。

絵夢を、いかがわしい小遣い稼ぎをする女子高生、と見たのは間違いだったようだ。

どうやら、絵夢は近ごろはやりの将棋ガールの、一人らしい。

斉木に聞く。

「あんたは、もう指したのか」

「ああ。平手で、一局だけな」

「どっちが勝ったんだ」

斉木が、いやな顔をする。

「聞くまでもあるまい。もちろん、おれの勝ちだ」

するとA絵夢が、体を乗り出して言った。

「でも、一手違いでしたよね。あそこで、1二飛車成りと斉木さんの角を取らずに、単に2二飛車成りとしていたら、わたしが勝っていたと思います」

「将棋に、タラレバはないよ。まあ、善戦したことは認めるが、負けは負けさ」

斉木は、容赦なく決めつけた。

絵夢は唇を引き締め、さっさと将棋盤の前にすわって、梢田を見上げた。

「それじゃ、お願いします。ただし、わたしが先手ね。それと、わたしが勝ったら、一万円ください」

あっけらかんと言う。

どうやらそれが、小遣い稼ぎの手口らしい。初手に負けてみせ、相手をいい気分にさせておいて、徐々に泥沼に引き込む寸法だ。

「おれが勝ったら、何をくれるんだ」

ためしに聞くと、絵夢はにかっと笑った。

「ほっぺたに、チューしてあげます」

梢田は苦笑して、反射的に斉木の顔を見た。

確かに、右の頰にキスマークをぬぐったような、赤い跡がかすかに残っている。

斉木は注意をそらすように、梢田の胸に指を突きつけた。

「おれは、おまえが負ける方に、一万円賭ける。もちろん、受けて立つだろうな」

そう言って、将棋盤の横に一万円札を置いた。

「よし、受けてやる」

絵夢や小百合の手前、断わるわけにもいかず、梢田も一万円札を二枚、取り出す。

小百合が、飲み物のはいったグラスと、つまみの皿を運んで来た。

絵夢は背筋を伸ばし、両手をそろえて膝の上に置くと、静かに深呼吸をした。

それから右腕を上げ、美しい手つきで7六歩、と角道をあける。

梢田も3四歩、と応じた。

梢田は早指しだが、絵夢はときどき三十秒ほど、考えた。

中盤から、梢田は本気を出して攻めまくったが、どうしても絵夢の玉をつかまえることができず、しまいには手詰まりになって、投了した。

絵夢は両手を叩いて、万歳をせんばかりに喜んだ。

斉木は、自分が出した一万円札をさっさとしまい、梢田の出した二枚を一枚ずつ、絵夢と分けた。

絵夢が神妙な顔で、それを押しいただく。

梢田は、絵夢に負けたことよりも、斉木に一万円取られたことの方が、しゃくだった。

しばらくのあいだ、感想戦を兼ねた雑談に花を咲かせたあと、翌日英語の試験があるという絵夢の宣言で、お開きとなった。

何がなんだか整理がつかないまま、あれよあれよという間に時間がたっていた。

帰り支度をしながら、小百合が言う。

「絵夢ちゃん。この部屋を借りてること、ご両親はご存じなの」

「ええ。ここの持ち主は、わたしの下宿先の先生なんです」

梢田は、やっていられないとばかり、首を振った。

小百合が、まじめな口調で言う。

「知らない男性を、将棋の相手としてここへ引き入れるのは、やめた方がいいと思うわ。この二人のような、まともな男性ばかりじゃないから」

梢田はくすぐったくなり、頭を掻きむしった。

絵夢が言う。

「だいじょうぶです。この部屋には、あちこちに防犯ベルの隠しボタンが、取りつけてありますから。神保町交番につながる、直通のボタンもついてます」

ほんとうか。

斉木が、横から口を出す。

「夜になって、あてもなく相手を探すくらいなら、おれたちのとこへ指しに来る方が、よほど安心だぞ。梢田と指せば、十分小遣い稼ぎになる」

絵夢はぱちぱち、とまばたきした。

「おじさんたちの職場は、どこなんですか」

梢田が口を挟むより早く、斉木はシャツの内ポケットから名刺を取り出し、絵夢に手渡した。

絵夢はそれを見て、目を丸くした。

「へえ、驚いた。警察にも、将棋部があるんですか」

そうきたか、と梢田は小百合と目を合わせて、苦笑いをした。

絵夢が、将棋盤にうなずきかけ、真顔で聞いてくる。

「これって、賭け将棋になるのかしら」

「賭け将棋の解釈にもよるけど、この程度なら罪にはならない、と思うわ。まあ、わたしが言うことじゃないけれど」

小百合の返事に、絵夢はほっと肩の力を緩めた。

「ですよね。おまわりさんだって、賭けマージャンやりますよね。へたをすると、検事さんや裁判官も」

笑ってごまかすしかない。

小百合が、頬を引き締めて言う。

「それより、メイドカフェのアルバイトは、やめた方がいいと思う。風俗営業、と見なされる店もあるし、どうせなら将棋カフェにしなさいな」

絵夢は両手を上げ、頬をぴたっと挟んだ。

「将棋カフェなんて、あるんですか」

今にも、駆け出して行きそうな、びっくり顔だった。

＊

外に出ると、ビルとビルのあいだに、月が出ていた。

斉木が言う。

「おれはどこかで、一杯やって帰る。思わぬ実入りがあったからな」

手を高く上げて振り、ゆっくりと闇に消えた。

梢田は、その後ろ姿を見送って、くそ、とののしった。

地下鉄の駅に向かいながら、小百合が口を開く。

「絵夢はずいぶん、手加減してましたね」

「そのとおりだ。あの子は強い。おれが善戦したのは、確かに絵夢が手加減したからだ」

「そうですね、終始受けに回って、梢田さんを根負けさせるあたり、たいしたものだわ」

ふと気がついて、梢田は小百合の顔を見た。

「待てよ。五本松は、将棋が分かるのか」

「ええ、少しだけ」

あっさり言うのが、むしろ腹にこたえた。

「いや、少しじゃないだろう。絵夢が手加減した、と見抜くからには、並みのレベルじゃないはずだ」

小百合が、含み笑いをする。

「ええと、そうですね。かなり、やります」

まったくの初耳だが、小百合が自分でそう言うからには、それ相応の実力を持つに違いない。

「なんで今まで、黙っていたんだ」

「だって、係長や梢田さんのお相手をさせられたら、かないませんから」

驚きが収まらず、少しのあいだ声が出なかった。

あらためて、確認する。

「すると、最初に絵夢が斉木に負けたというのは、やはり餌まきだったのか」

「ええ、そのつもりだった、と思います。絵夢が本気を出したら、こてんぱんにやられますよ、二人とも」

梢田は、こぶしで手のひらを叩いた。

「くそ、おれも行くぞ」

小百合が、顔をのぞき込んでくる。

「どこへですか」

「もちろん、将棋カフェだ」

小百合は、あきれ顔で首を振った。

「巡査部長の昇任試験を、落ちてからにしてくださいね」

地獄への近道

1

「これで映画館、といえるのかね」

梢田威《こずえだたけし》が、首をひねりながら言うと、五本松小百合《ごほんまつさゆり》は肩をすくめた。

「まあ、映画館とはうたっていませんが、映画をやる以上は映画館の一種でしょう」

神田神保町《かんだじんぼうちょう》の、人も知るすずらん通りの一本裏手、という好立地だ。そんな狭い裏通りに、映画館などできるはずがない。

あらためて、二階建ての古いモルタルの建物を、仰ぎ見る。

一階はもと、なんとかいう中華料理店だったが、だいぶ前に閉店してしまった。

ガラス戸は閉じられたままで、カーテンが引かれているため、中の様子は分からない。新しいテナントは、まだはいっていない。

横手の、鉄製の階段ののぼり口に、〈クラシック映画・ミスミ鑑賞館〉と書かれた、木の札が見える。

階段を上がった二階に、同じ広さのフロアがあるのだ。

こちらは、ときどきテナントがはいるようだが、梢田の知るかぎり入れ替わりが激しく、定着したためしがない。

そもそも、二十五平米程度のスペースしかないので、ギャラリーとかアクセサリー、小物のショップなど、その種のテナントばかりだった、と記憶している。

そこへ今度、映画館ができたというのだから、耳を疑いたくもなる。

もっとも、法的には映画館として認められず、映写もできるフリースペース、というかたちでオープンしたらしい。防音装置も、ちゃんとほどこされている、とのことだ。

小百合によると、入場できる客の数は二十人が限度で、インターネットで予約した客しか、はいれない。

料金は、ネットバンキングによる前払いとかで、すでに小百合が払い込んでいた。一人三千円だから、決して安いとはいえない。

上映されるのは、一九四〇年代から五〇年代にかけて製作された、ハリウッドのクラシック作品に限られる。しかも、どんな映画かは始まる直前まで、明かされないという。

そう聞くと、いかにも妙な期待を抱かせる雰囲気だが、別にあやしい映画をやるわけではなさそうだ。

また、一作品の上映はその日一回かぎりで、同じ映画は基本的に再上映しない、という。なんとも、変わったシステムの映画館らしい。

そんなこんなを考え合わせると、主たる対象は中高年以上の世代で、客層はおおむね前期後期の高齢者、と推定される。

それにしても、その世代でパソコンを使いこなし、ネットバンキングまでできる高齢者が、どれだけいるかあやしいものだ。身近にいる、パソコンの得意な人間に頼んで、チケットを取ってもらうしか、ないだろう。

ともかく、梢田たち二人のそばをすり抜けて、鉄階段をたどたどしい足取りでのぼるのは、かなりの高齢者ばかりだ。

それを見るかぎり、客は年を取った男性がほとんどで、若くても五十代がいいところだろう。まして女性は、夫婦らしい二人連れの片割れ、ただ一人だった。

開演の十九時が近づくと、あたりにだれもいなくなった。予約した客は、どうやら全員入場したらしい。

梢田は先に立って、狭い階段を上がった。小百合も、あとに続いた。

奥の建物の、裏壁の手前に小さな踊り場があり、回れ右をしてのぼりきる。

右手にドアが見えた。

脇に、下と同じ表示の木の札が、かけてある。

ドアを引くと、戸口の脇に梢田の肩にも届かない、小柄な女が立っていた。

「こんばんは。いらっしゃいませ」

そう挨拶されて、梢田はうわの空でうなずき返しながら、女の白いセーターの下から突き出す、砲弾のようなりっぱなバストに、目を奪われた。

「梢田さん」

小百合に背中をつつかれ、あわててプリントアウトした領収書を、女に手渡す。

女はそれを受け取ると、ドリュー・バリモアのような真っ赤な唇で、にっと笑いかけてきた。

「お好きな席へどうぞ」

そう言われて、室内を見回す。

横に五つの椅子席が、四列並んだだけの、狭いスペースだ。最後列の、右端の二席しか、あいていない。お好きな席、もないものだ。

この日、週明けの月曜日。

ここに足を運んだのは、仕事というわけではない。こうなったことには、それなりのいきさつがある。

かねがね、小百合は年に似合わず古い映画が好きだ、と聞いていた。

なにしろ、休日はハリウッド華やかなりしころの、クラシック作品をＤＶＤで見まくって、過ごすらしい。

その小百合が昼間、隣の席でパソコンをいじりながら、急に映画に付き合ってくれないか、と持ちかけてきた。すずらん通りの裏に、小さな映画館ができた、というのだ。たまたま係長の斉木斉《さいきひとし》は、署の管理職研修で不在だった。

梢田はすぐに、その誘いに乗った。小百合と二人で、映画を鑑賞する機会など、めったにない。別に、よこしまな野心など抱いていないが、斉木がいないというだけで、くつろいだ気分になる。

映画のあと、二人で一杯やりながら、斉木の仕事ぶりをこきおろしたら、さぞすっきりするだろう。

とりあえず、十八時半ごろまで仕事をするふりをしてから、一緒に署を出た。

すずらん通りにおりるあいだに、その映画館の特徴やらシステムやらを、詳しく小百合から聞かされた。

よく分からないが、予約も支払いもパソコンですませ、何をやるか分からないまま映画を見る、というのがおもしろい。

実際に中にはいり、最後列の席に腰を落ち着けてみると、外で想像していたよりもまだ狭く、小さな居酒屋でテレビを見る、といった感じだ。

椅子席の正面は、真っ白な壁だった。どうやらそこが、スクリーンになるらしい。

ドアの真上の、天井とほとんど接するような位置に、映写機らしき小さな器械が、取り付けてある。むろん、昔ながらのフィルムの映写機ではなく、ＤＶＤのプロジェクターだろう。

ほどなく、白いセーターの女が白壁の前に立ち、愛想笑いを浮かべて言った。

「お待たせしました。クラシック映画鑑賞館の館主の、ミスミ・スタウデンマイアでございます。よろしくお願いします」

深ぶかと頭を下げる。

ミスミはともかく、スタウなんとかという長たらしい名字は、外国姓のように聞こえた。しかし、しゃべる言葉はいちおう、まともな日本語だ。

かすかながら、アクセントに癖があるところをみると、日系の外国人かもしれない。あるいは、単に外国暮らしが長かったためか。

だれかが、ためらいがちに手を叩《たた》くと、すぐにその音に誘われるようにして、拍手がわく。

小百合が、その拍手の波に加わったので、梢田もおざなりに手を叩いた。

ライトを浴びる、ミスミなんとかと名乗った女を、つくづくとながめる。

ふと、これはだいぶ前に死語になった、いわゆる〈トランジスタ・グラマー〉だ、と気がついた。小柄ではあるが、砲弾バストと豊かなヒップは、日本人離れしたりっぱなもので、なかなかの迫力だ。

ただ、濃いめの化粧でごまかしているものの、それなりの年だということは隠せず、四十にはなっていると思われた。

それでも、〈トランジスタ・グラマー〉という言葉そのものより、だいぶあとに生まれたことは確かだ。梢田にしたところで、その呼び名にふさわしい女を目にするのは、これが初めてだった。

拍手が収まるのを待って、ミスミなる女は先を続けた。

「これから今夜の鑑賞会を、始めさせていただきます。ご案内のように、わたくしどもは月曜日と木曜日の週二回、十九時より一作品を一回だけ上映する方式で、当館を運営いたしております。日本で、一度も上映されたことのない作品や、上映されたとしてもこれまでビデオ化、ＤＶＤ化されていないクラシック作品を、お見せするのが基本的な方針でございます。また原則として、同じ作品を繰り返し上映することは、ございません。そのため、いわば一期一会の上映となりますので、中には毎回かよってくださるお客さまも、いらっしゃいます」

そこで、また軽く頭を下げ、さらに言葉を継ぐ。

「さて、今夜の上映作品でございますが、特別に珍しいフィルム・ノワールを、ごらんいただきます。いつものように、古い映画ファンのお客さまが、多いようにお見受けいたします。したがって、あるいはご存じのかたもいらっしゃる、と思います。戦前からの名優、ジェームズ・キャグニーが初めてメガフォンを取った、『地獄への近道』でございます。これは、日本でも公開されましたので、ごらんになったかたもおられましょう」

それを聞いて、すわった客たちのあいだから、小さなため息が漏れる。頭が二つ三つ、うなずいたりもした。

どこか近くで、寄せ木でできた床がみしり、と音を立てた。

梢田にすれば、まるで聞いたことのないタイトルだが、ジェームズ・ギャグニーの名前には、聞き覚えがあった。

戦前から、よく知られたギャング役者で、顔もちゃんと承知している。

子供のころ、テレビ放映の古い西部劇を見ただけだが、ちびのくせにやけに威勢のいい役者だな、と感心した記憶がある。

梢田は首を傾け、小百合にささやきかけた。

「今、ジェームズ・キャグニーと言ったが、あれはギャグニーの間違いだろう」

小百合も体を寄せて、ささやき返す。

「いいえ。キャグニー、が正しいです。お年寄りのファンには、ギャグニーと思っている人が、多いですけど」

梢田はむっとした。

「おれは、年寄りじゃないがね」

今まで知らずにいたことと、それを小百合に指摘されたことで、少し落ち込む。

しかし、どう考えてもキャグニーよりギャグニーの方が、言いやすいではないか。

ミスミが続ける。

「初めての監督作品だからでしょうか、キャグニーは映画の冒頭にわざわざ顔を出して、観客に挨拶しています。めったにない例ですが、それだけこの作品に力を入れたことが、伝わってきます。それが報われたかどうかは、これからのお楽しみです。ついでながら、この作品は日本ではビデオ化も、DVD化もされていません。また、テレビ放映がされたかどうかも、確認されておりません。そのため、わたくしが字幕を作成いたしましたので、あるいは間違い等があるかもしれません。その点はあらかじめ、おわびしておきます。また終了後、この作品についてご説明するとともに、ご質問等がございましたら、お受けいたしますので、よろしくお願いします」

一呼吸おいて、おもむろに宣言した。

「それでは、始めさせていただきます」

ミスミは壁から離れ、パーティションで仕切られた、室内の一角へ姿を消した。

次いで、照明がフェイドアウトするとともに、真っ白な壁に白黒の画面が、映し出される。

確かに、監督ジェームズ・キャグニー（James Cagney）、と書かれたディレクターズチェアの大写しから、カメラが引いて後ろ向きのキャグニーが、立ち上がる。

キャグニーは、こちらに向き直って、話し始めた。

「映画製作には、いろいろな要素があります。照明、カメラ、フィルム、小道具等々。その中で、もっとも大切な要素の一つは、俳優のキャラクターです。今回、さいわいにもわたしは、二人のすぐれた新人に、恵まれました。ロバート・アイヴァースと、ジョージアン・ジョンスンです」

かなりの早口なので、字幕が追いつかないほどだ。

どちらにせよ、二人とも梢田の知らない俳優だった。

それが終わって、画面にタイトルが出る。

〈Short Cut to Hell〉

英語が、というより日本語以外はまるで苦手な梢田にも、邦題の『地獄への近道』がもろの直訳だ、くらいはなんとか分かった。

キャストのトップに、まず二人の新人の名前が出たところをみれば、キャグニーの力の入れ方も、それなりにうかがわれた。

映画はまず、主人公の殺し屋カイルが、猫をいじめた下宿屋の娘を突き飛ばし、部屋から追い出すシーンで始まる。

ロバート・アイヴァース演じるカイルは、細おもての神経質そうな若者で、殺し屋には見えないところが、みそといえばみそのようだ。

スーツにコート、ソフト帽という勤め人の格好で、カイルは市の土木局長の事務室に、出向いて行く。

局長は女秘書と、仕事の話をしている。

控室にはいったカイルは、ボールペンでも扱うように拳銃を取り出し、くるくるとタオルを巻きつけるなり、事務室にはいって二人を射殺する。

その一連の動きが、まるでぶらりとスタンドに立ち寄り、コーヒーを飲んだだけというくらい、無造作なタッチで描写される。

これには梢田も、のっけから驚かされた。ふつうならスリルとサスペンスを盛り上げるため、もっと派手な処理をするところだ。

仕事をすませたカイルは、指定されたレストランに行って、黒幕に雇われた太っちょの男から、謝礼金を受け取る。

カイルは、その金で下宿屋の娘に部屋代を払い、娘はそれを銀行に預けに行く。

ところが、銀行の窓口にはすでに警察署から、強盗事件で奪われた紙幣の番号が、回っていた。窓口係は、その控えと娘の紙幣を照らし合わせ、一致したためすぐに通報する。

つまり太っちょは、カイルにわざと不正な金をつかませ、逮捕されるように仕向けたわけだ。

通報を受けた刑事は、すぐに娘を案内に立てて、下宿屋へ急行する。

ここで、カイルは逮捕を逃れるために、娘を人質にするなどして、いろいろ立ち回ったあげく、かろうじて脱出に成功する。

それから、カイルは警察の捜査網をくぐって、自分を罠《わな》にかけた太っちょをつかまえ、決着をつけようと追跡を開始する。

そのために乗った列車で、カイルは隣にすわった刑事の婚約者、グローリーと口をきくようになる。そのいきさつとやりとりが、二人の陰と陽のキャラクターを活写して、なかなかおもしろい。

結局、列車にも手が回ったことが分かり、カイルはグローリーを人質にして、工場の中へ逃げ込む。

その過程で、グローリーがカイルに投降するよう、いろいろと説得するのだが、カイルはいっさい耳を貸そうとしない。この前後の、グローリーを演じるジョージアン・ジョンスンは、舌を巻くほどうまい芝居を見せる。

グローリーの婚約者は、それなりにキャリアのある男優だろうが、この映画ではただの狂言回しの刑事、という感じで処理される。

最後は予想どおり、カイルが太っちょとその黒幕を片付け、警察の銃弾に倒れるわけだが、キャグニーの演出は終始感傷を交えず、ハードボイルドに話を締めくくる。

映画が終わると、期せずして狭い室内に、新たな拍手がわいた。

2

拍手が収まり、明かりがつく。

ミスミが、パーティションの陰から現れて、壁の前に進み出た。

「いかがでしたか。お楽しみいただけましたでしょうか」

ミスミの問いかけに、もう一度拍手が起こる。

梢田威も、隣にすわる五本松小百合も、それに加わった。映画はおおむね全員に、好評をもって迎えられたようだ。

静かになるのを待って、ミスミが客たちに指を立てる。

「実は、この映画には、原作があります。タイトルを、丹念にチェックされたかたは、原作者の名前が出たことに、気がつかれたのではないか、と思います。どなたか、お目に留められたかたは、いらっしゃいませんか」

だれも答える者はなく、室内がしんとなった。

ミスミは微笑を浮かべ、あらためて口を開いた。

「どなたも、気づかれなかったようですから、申し上げます。原作者は、イギリスのカトリック作家、グレアム・グリーンです。作品名は」

「拳銃売ります」

だれかが突然、ミスミの話を先取りするように、割り込んできた。

梢田は驚いて、声がした方に目を向けた。

同じ最後列の、左端にすわった男のようだった。

チェックのハンチングをかぶり、白い顎鬚《あごひげ》をきれいに刈り込んだ、六十代半ばに見える男だ。

男は背筋をぴんと伸ばし、ミスミをじっと見つめている。

梢田は、隣にすわる五本松小百合に、ささやきかけた。

「あのじいさん、何を言ってるんだ。拳銃を売ります、とはどういう意味かな」

小百合が返事をする前に、ミスミがその男をまっすぐに指さす。

「そのとおりです。グリーンの『拳銃売ります』が、この映画の原作です。よく、お分かりになりましたね」

梢田は、肩の力を抜いた。

拳銃売ります、が小説のタイトルだとは、夢にも思わなかった。

「まあ、なんとなく、若いころ読んだのを、思い出しましてね」

男が、あいまいな口調で答えると、ミスミは微笑を浮かべた。

「でしたら、原作者がグレアム・グリーンだということも、ご存じなんでしょう。先ほどは、手を上げられませんでしたが」

「ええ、まあ」

男がまた、生返事をする。

ミスミは、足を踏み替えて言った。

「失礼ですが、お名前をおうかがいしても、よろしいでしょうか」

わずかに間をおいて、男がしわがれ声で答える。

「榊原《さかきばら》、といいます」

ミスミの頬が緩んだ。

「ああ、榊原さんですね。毎回のようにいらしていただいて、ありがとうございます」

「いや、どうも」

榊原は、ぶっきらぼうに応じた。

二人のやりとりから、おそらく榊原はこの鑑賞会の常連で、まめにここへ来ているらしい、と察しがつく。

「榊原さんは、本日の映画をグリーンの原作小説と比べて、どう思われましたか」

ミスミの問いに、榊原はまた少し間をおいて、律儀に答えた。

「小説の、細かい筋立てはあまり詳しく、覚えてないんです。しかしほぼ原作に、忠実なんじゃないですかね。ただ、原作の殺し屋の名前はカイルではなく、レイヴンだったと思う。しかも、体の一部にハンディがある、という設定でした。昔読んだとき、このハンディはいかがなものか、と思った記憶があります。やはり、映画では差し障りがあるので、オミットしたんでしょうな」

ミスミが、にわかに話を変える。

「実はこの小説は、第二次大戦中の一九四二年にも一度、映画化されています。『地獄への近道』の、十五年前ですね。小説の原題は、イギリス版では〈A Gun for Sale〉、アメリカ版では〈This Gun for Hire〉となっていて、この映画は小説のアメリカ版と同じく、〈This Gun for Hire〉というタイトルが、つけられました。原作は日本でも、イギリス版の『拳銃売ります』という題名で、翻訳されています。ただ、映画の劇場公開は何十年も遅れて、二十一世紀になってからでした。邦題は、小説の〈売ります〉が、〈貸します〉となっています」

そこで一息入れ、さらにあとを続けた。

「本日上映されたリメイク版では、細かいところにいくらか手直しがありますが、大筋でオリジナル版の、『拳銃貸します』の脚本がそのまま、流用されています。また、オリジナル版では、殺し屋の名前は原作どおりの、レイヴンになっています。レイヴン役を演じたのは、『シェーン』で知られるアラン・ラッドです。ラッドは、それ以前になんと四十本以上の、出演作があります。ただし、大半がタイトルに名前の出ない、端役でした。したがって、『拳銃貸します』のレイヴン役は大抜擢《だいばってき》で、事実上のデビュー作といっていい、と思います。タイトルのキャスティング・ランクでは、いちばん最後に紹介されていますが、実質的にはラッドの主演作品、といっていいでしょう」

その説明が、途切れるのを待っていたように、榊原が口を開いた。

「わたしは、そのオリジナル版もＤＶＤで見ましたが、ラッドのハンサムで無表情な顔立ちが、フィルム・ノワールの雰囲気にぴったりだった、と思います。ただラッドは、特にアクション・シーンで、体の動きに切れがないんですね。ことに、走る姿なんかちょこまかしていて、見られたもんじゃなかった」

客席に、くすくす笑いが漏れる。

ミスミも、苦笑した。

「そうかもしれませんね。ラッドは、ハリウッド男優としては背が低くて、百七十センチそこそこしか、ありませんでした。そのため、女優とのラブシーンでは踏み台を使う、といわれたくらいです」

それを聞いて、さらに笑いが広がった。

そこで言葉が途切れ、少しのあいだ沈黙が流れる。

ミスミが客席を見回し、あらためて口を開いた。

「そのほかに、何かご質問がございましたら、ご遠慮なくどうぞ」

すると、驚いたことに小百合が手を上げ、立ち上がった。

「五本松といいますが、一つお尋ねしてよろしいですか」

「はい、どうぞ」

「わたしも実は、今お話に出た『拳銃貸します』を、DVDで見ています。それで、きょう拝見した『地獄への近道』が、大筋で同じ構成だということが、分かりました。ただ、殺し屋役の男優はともかくとして、オリジナル版のヴェロニカ・レイクと、リメイク版のジョージアン・ジョンスンを比べると、ジョージアンの方がはるかにうまい女優だ、と思います。ヴェロニカは、一九四〇年代にラッドと何度か組んで、そこそこ人気があったようですが、五〇年代にはいるとテレビ出演が中心になり、結局消えてしまいました。一方の、ジョージアンは美人でしたし、演技もうまくて個性もありました。ところが、この作品以外に出演作があるのかどうか、聞いたことがないんですね。もしあるのでしたら、教えていただけませんか」

梢田は、あっけにとられて、小百合の横顔を見上げた。

このような状況で、小百合が弁舌を振るうのを目にするのは、初めてのことだ。

ミスミが、眉根を寄せて応じる。

「おっしゃるとおり、この新旧二本の映画化作品に限れば、ヴェロニカよりジョージアンの方がいい、と思います。ただ、ネットなどで調べた範囲では、ジョージアンはこの作品の前にもあとにも、ほとんど映画に出ていませんね。そのかわり、テレビの仕事では引っ張りだこで、かなり長い年月活躍したようです。テレビ出演は、ドラマだけでも百本を超えています。落ち着いた演技からも分かるように、『地獄への近道』に出たころには、すでに三十歳を超えた中堅女優でした。演技派として、もっと映画で活躍してほしかった、そういう女優の一人だと思います。どちらにしても、ご満足いただける お答えができなくて、申し訳ありません」

こちらもなかなか、力のこもった回答だった。

五本松が、礼を言ってすわり直す。

そのあと、質問する者がだれもいなかったので、鑑賞会はお開きになった。

ぞろぞろと、会場を出て行く客たちに逆らうように、席を立った小百合が梢田に断わって、榊原の席に近づいた。

体をかがめ、何か話しかけている。

映画好き同士で、何か情報交換でもするつもりだろうか。

梢田はその隙に、壁際に立って客を見送るミスミのそばへ、さりげなく近づいた。

「いや、おもしろい映画でした。ところで次回は、何をやるんですかね」

話のきっかけに声をかけると、ミスミはくるりと瞳を回した。

「ノー、ノー。それは、次回の上映が始まるまで、お教えできないことになっています。ご興味がおありでしたら、今度の木曜日のチケットをお買いになって、またお越しください。いつでも、ウエルカムです」

そこへ、席を立った榊原が小百合と一緒に、やって来た。

榊原は、軽く手を上げてミスミに挨拶し、切り口上で言った。

「ちょっとお尋ねしますが、こんなふうに料金を取ってＤＶＤを映写するのは、法律で禁じられてるんじゃありませんか」

やぶからぼうの指摘に、ミスミは唇を引き締めた。

砲弾を装填するように、胸の上でぐいと腕を組む。

「もちろん、無断で上映すれば違法になりますが、わたくしどもの場合はきちんと、発売元の了解のもとに上映しております」

「入場料のうち何パーセントかを、使用料として発売元に支払っておられる、ということですか」

ミスミは腕を揺すり、砲弾を突き出した。

「契約内容については、何も申し上げられません。もしかして榊原さんは、DVD上映権管理協会か何かの、調査員のかたですか」

榊原は、おおげさにいえばのけぞってみせ、首を振った。

「いや、違います。そんな協会があることも、知りませんね。ただ、ちょっと興味があったもので、お尋ねしただけです」

「アメリカ映画の場合、一九五三年以前に製作された映画は、パブリック・ドメイン（著作権消滅作品）とされて、自由にソフト化できるようになっています」

ミスミの口調は、いくらか挑戦的だった。

榊原は、なぜか引き下がろうとせず、言い返した。

「わたしは、この鑑賞館が開設されて以来、ほとんど全作品を見ています。今のところ、確かに日本で映像化されていない、珍しいものばかりだった。たぶんテレビ放映も、されなかったでしょうな」

ミスミの表情が、いくらか柔らかくなる。

「おっしゃるとおりです。アメリカでしか、映像化されていない作品を選んで、わたくしが字幕をつけました」

「今後、それらが日本で映像化された場合は、どうするんですか」

しつこく食い下がられて、ミスミは少し困惑したようだ。

「時代的に、パブリック・ドメインになった作品については、別に問題ないはずですが」

榊原は、さも納得したというように、二度三度とうなずいた。

それから、にわかに胸をそらして、最後っ屁《ぺ》を放った。

「さっきの説明で、『地獄への近道』は、その十五年前に作られた『拳銃貸します』の、リメイクだとおっしゃいましたね」

ミスミの目を、ちらりと不安の色がよぎる。

「ええ、そう申し上げました」

「そのとき、『拳銃貸します』は一九四二年に製作された、とおっしゃらなかったかな」

「はい、そのように」

そう言いかけて、ミスミは言葉を途切らせた。

榊原が、微笑を浮かべる。

「簡単な算数ですよ。一九四二年の十五年後は、一九五七年だ。だとすると『地獄への近道』は、一九五三年以前に製作された、パブリック・ドメインに当たらない作品、ということになる。違いますかな」

ほかの客はいなくなり、四人だけが残っていた。

ミスミ鑑賞館は、白い壁と木の床だけでできた、シンプルな空間になってしまった。

ミスミは、組んだ腕をそろそろと腰まで落とし、スカートのしわを伸ばすようなしぐさをした。

トーンの落ちた声で言う。

「おっしゃるとおりです。つい、口がすべってしまいました。確かに、『地獄への近道』は『拳銃貸します』の十五年後、一九五七年の製作ですね」

榊原の顔が、少し暗くなった。

「ちなみに、この作品は日本はもちろん、アメリカでもＤＶＤが発売された形跡がない。さらに、全部調べたわけじゃないが、日本でのテレビ放映もなかったか、あったとしても回数が少なかったでしょう。どちらにせよ、この映像はかなり珍しいものだ、ということができる」

榊原がそこで言葉を切ると、ミスミはごくりと喉を動かした。

榊原は続けた。

「さっきの映画は、アメリカのテレビで昔放映されたのを、家庭用ビデオかＤＶＤに録画したものでしょう。おそらく、十五年か二十年くらい前のことだ、と思う。あなたはそのＤＶＤか、それをまたダビングしたＤＶＤを、どこかで手に入れたわけでしょうな」

ミスミは、しばらく口をつぐんだままでいたが、あきらめたように口を開く。

「何がおっしゃりたいんですか、榊原さんは。ジェームズ・キャグニーの代理で、この映画の上映料を請求したい、とでも」

榊原は、とんでもないというように、顔の前で手を振った。

「いや、わたしはただ、あなたがそのDVDをいつごろ、どうやって手に入れたかを、知りたいだけなんです。まあ、お差し支えなければ、ですが」

「差し支えはありません」

そう答えたのは、ミスミではなかった。

むろん、梢田でも小百合でもない。

その声は、部屋の隅に立てられた、パーティションの奥から、聞こえてきた。

女の声だった。

3

翌日の昼。

斉木斉と梢田威、五本松小百合の三人は、山の上ホテルのステーキハウスで、豪勢な昼食をとっていた。

おそらく、一生に一度しかないだろうが、大穴馬券を当てたという斉木が、二人におごると言い出したのだった。

斉木はまじめくさって、前日の管理職研修のばかばかしさを、身振り手振りよろしくしゃべりまくった。

それが一段落するが早いか、梢田と小百合は口ぐちに、前夜のミスミ鑑賞館での出来事を、斉木に話して聞かせた。

ナイフとフォークを使いながら、斉木はしきりにむだ口を挟んで、話の腰を折ろうとする。

「要するに、ついたての陰から出て来た女は、その榊原という妙なじいさんの、元愛人だったわけだな」

小百合は、さもうれしそうに言った。

「そうなんですよ、係長。会ったのは、ざっと二十年ぶりなんですって」

そのうきうきした口調にあきれて、梢田はステーキにかぶりついた。

斉木が続ける。

「それにしてもそのばあさんは、よくそんなまどろっこしい手を使って、榊原を捜し出そうとしたもんだよな」

「それはつまり、会いたいような会いたくないような、アンビバレントな感情からきたもの、と解釈していいと思います。おみくじを引いて、吉と出たらもうけものといった感じで、やっぱり二人は縁があったんだわ、なんて。ねえ、梢田さん」

そう言って、小百合は応援を頼むように、梢田を見る。

しかたなく、梢田もうなずいてみせた。

ミスミ・スタウデンマイアは、もとの日本名を飛島美寿実《とびしまみすみ》、といった。

パーティションの陰に隠れ、様子をうかがっていた女は、美寿実の母親と分かった。

名前は、飛島悠子《ゆうこ》。

前夜の男は、あとで榊原壮一郎《そういちろう》と正式に名乗ったが、悠子とはかなり昔、愛人関係にあった、という。

悠子は、美寿実とは逆に古風な感じの、おとなしい女だった。榊原とほぼ同じ、六十代半ばに見えた。

悠子によると、こういう話だ。

榊原は、だれもついていけない映画マニアで、双葉十三郎《ふたばじゆうざぶろう》や増淵健《ますぶちけん》、津神久三《つがみきゆうぞう》、川本三郎《かわもとさぶろう》といった評論家の著作や、長年買い集めたプログラム、映画ソフトなど、大量の資料を所有していた。

仕事も、映画と縁の深い映像ソフト会社の、プロデューサーだった。

一方の悠子は、その当時税理士だった稲田章介《いなだしようすけ》の妻で、ごく平凡な生活を送っていた。悠子は、古い映画を上映する映画館で、初めて榊原と出会い、食事と酒に誘われた。そこで、酒食をともにしつつ、熱烈に口説かれた。榊原は男前で、映画に関する話題も、豊富だった。

やはり映画が好きで、あまり世間ずれしていない悠子は、それで頭に血がのぼってしまった。

二人が、不倫関係におちいるのに、さして時間はかからなかった。

それどころか、一年とたたぬうちに悠子は夫を捨て、榊原のマンションに転がり込んで、同棲《どうせい》生活を始めたという。

そのころ、一人娘の美寿実は長期留学で、アメリカへ行ったきりだった。

夫の稲田は、酒を飲んでは暴力を振るい、挑みかかるのが常だったから、悠子に悔いはなかった。

悠子自身、ビジネス関係の通訳や翻訳の仕事をしており、ある程度の収入があった。

ただし、夫の稲田が離婚に応じないため、すっきりしない状態が続いた。

そうこうするうちに、二年ほどして今度は榊原に、新しい愛人ができた。

榊原は、だいじにしていた映画関係の貴重な資料、手放したくないソフト類をリュックサックに詰め、前触れもなくマンションから姿を消した。

悠子はしかたなく、賃貸マンションの名義を自分に書き換え、一人暮らしを始めた。

榊原も、新しい愛人のマンションに、転がり込んだまではよかった。しかし、取り返しのつかない失策を犯したことに、気がついた。

コレクションの中でも、最高に貴重な『地獄への近道』のDVDを、持たずに出て来てしまったのだ。

DVDの再生機に入れたまま、取り出すのをうっかり忘れた、という。

さんざん悔やんだものの、取りにもどるわけにもいかず、あきらめるしかなかった。

その当時、娘の美寿実はまだアメリカにおり、母親の不倫の顚末《てんまつ》など知る由もなかった。ただ父親から、母親が男を作って家を出て行った、とだけ報告を受けていた。

美寿実は、父親の悪い性癖を知っていたし、母親の行動も無理はないと、冷静に受け止めたようだ。

榊原が、新しい愛人のもとへ去ったあと、悠子はずっと一人暮らしを続けていた。

しかし五年ほど前、稲田が脳梗塞で倒れたと知り、やむなくもとの家へもどって、看病することになった。稲田の両親はとうに死んでおり、ほかにめんどうを見る者がいなかったのだ。

その稲田も、二年前に亡くなった。

悠子は、古くなった稲田の家を処分して、借りたままでいたマンションで、また一人暮らしを始めた。

それからほどなく、ジョン・スタウデンマイアという、年の離れた弁護士と結婚していた美寿実が、アメリカから帰って来た。

ジョンが交通事故で死に、子供もいなかったので帰国を決めた、ということだった。

美寿実は、母親のそれまでの生き方を少しもとがめず、二人暮らしを受け入れた。不倫相手の消息はもちろん、素性や名前さえも聞こうとしなかった。

亡夫のスタウデンマイアは、小説や映画の著作権管理関係の、訴訟事件のベテランだった。そのため、美寿実もある程度、その方面の事情に、明るかった。

そんなことから、すでに著作権が切れてパブリック・ドメインになった、クラシック映画の佳作を掘り出し、上映するプロジェクトを始めよう、と考えたのだった。

悠子も、かつての榊原の影響もあって、その考えに賛成した。というより、むしろ積極的に協力する、と言い出した。

マンションには、榊原が逐電するときに残して行った、かなりの数のＤＶＤソフトがあった。ほとんどが日本未公開の、ハリウッドのクラシック映画だった。

ただし、榊原がネットのオークションなどを通じて、アメリカから取り寄せたものなので、当然ながら字幕がついていない。

美寿実はもちろん、悠子も英語に堪能《たんのう》だったから、権利関係を調べたり、字幕をつけたりするのは、お手のものだった。

短期間のうちに、そうしたソフトが何十本も、できあがった。

稲田の家を売った金が、ほとんど手付かずで残っていたので、神保町に小さなスペースを借りるのも、さしてむずかしくなかった。

こうして、〈クラシック映画・ミスミ鑑賞館〉がオープンした、という次第だった。

斉木が、コーヒーを飲んで言う。

「話の筋は、だいたい読めたぞ。上映直前まで、どんな映画をやるか知らせない、というのは母親のアイディアだな。熱烈なファンの、期待感をいやが上にもあおろうという、あざとい手口だ」

あとを受けて、小百合が続ける。

「そうだと思います。ネットで予約、支払いというシステムを利用すれば、だれが来るかある程度、分かりますしね」

梢田は、デザートのアイスクリームを、一口食べた。

「すると、飛島悠子は榊原がネットを見て、いつか姿を現すのではないか、と期待してそのシステムを考えた、というわけか」

斉木が、したり顔でうなずく。

「たぶんな」

梢田は、口を挟んだ。

「しかし、榊原は開館早々から常連になって、ほとんど毎回来てたらしいぞ。悠子が、榊原に会いたかったのなら、もっと早くついたての奥から出て来ても、よかったはずだ。どうせ毎回、あの陰に隠れたんだろうし」

「すぐには、顔を合わせられないところが、女心ってやつだろう。まあ、おまえみたいな朴念仁《ぼくねんじん》には、一生分からんだろうがな」

斉木が言い捨てると、小百合が割り込んできた。

「毎回隠れていたかどうかは、分かりませんよ。もっとも、五本松なら最初に榊原がやって来た時点で、飛び出しちゃいますけど」

梢田は驚いて、小百合の顔を見直した。

「おいおい。本気かよ、巡査部長」

小百合は、いやな顔をした。

「肩書で呼ぶのは、やめていただけませんか。少なくとも、食事中は」

斉木が笑う。

「まあ、おまえが巡査部長になるころには、五本松は警部補だ。そしておれは、警部さまという寸法さ」

「おれは、今度の試験で」

乗り出そうとする梢田を、小百合が引き止めて言う。

「それより、話を続けましょう。五本松は、悠子さんがゆうべに賭けようと決めて、あの『地獄への近道』を出したのだ、と思います」

梢田は、しぶしぶコーヒーを飲んで、話をもどした。

「あのばあさんは、榊原が『地獄への近道』をことのほか、だいじにしていたのを覚えていて、あれを上映するように娘を説得した、というわけだな」

「そうに違いありませんよ。あの作品が、パブリック・ドメインになっていないことは、美寿実さんも承知していたはずです。ただ、日本はもちろんアメリカでも、ソフト化されていないことを知って、上映することにしたんじゃないかしら。確かに、珍品中の珍品ですもの」

小百合が言い、梢田もうなずく。

「そうだろうな。ギャグニー先生をはじめ、関係者はみんな死んじまっただろうしな」

小百合は眉根を寄せ、いくらか不安げに言った。

「ただタイトルの初めに、パラマウントのマークが、出てきましたよね。ゆうべのお客さんの中に、もしパラマウントの関係者がまぎれ込んでいたら、クレームがつくかもしれないわ」

斉木が口を出す。

「ありうるな。今度のような方式で、映画を見せる企画があると知ったら、映画会社はいの一番に、チェックに来るはずだ。たとえ、半世紀前の映画でもな。ことに、一九五三年以降の作品は、著作権消滅の期限が製作後七十年まで、延長されたんだ。要するに、その『地獄への近道』が一九五七年の製作なら、権利が消滅するのは二〇二七年、ということになるな」

あたりがしんとして、カウンターで別の客の肉が焼ける音が、景気よくはじけた。

梢田は手を振り、元気よく言った。

「どっちにしても、悠子ばあさんの願いはかなったわけだ。榊原のじいさんは、腹を減らした魚みたいに、その餌にぱくりと食いついた。やっこさんも、あの映画が珍品中の珍品だと、知っていたんだ。だから、もしかすると、と思ったに違いない。上映が終わったあと、美寿実にさりげなく声をかけて、ＤＶＤの出所を探り出そうとしたのは、そのためだ」

小百合が、あとを続ける。

「でも、当の悠子さんがついたての陰から、いきなり声をかけてくるとまでは、予想してなかったでしょうね。その証拠に、あのときはまるで死人に出会ったように、まっさおになったでしょう」

「しかし、そのあと〈三幸園《さんこうえん》〉で飯を食ったときは、死人が生き返ったように、まっかになってたじゃないか」

梢田が混ぜ返すと、小百合は頬を引き締めた。

「でも、わたしたちが会食に同席して、よかったと思います。もし、あの三人だけだったらぎこちなくて、妙な雰囲気になったかもしれないわ。梢田さんが、座を盛り上げてくれたおかげですね」

斉木が、おもしろくなさそうに、話を変える。

「しかし、ほんとうにパラマウントあたりから、クレームがこなけりゃいいがな」

梢田は、アイスクリームを平らげた。

「まあ、そんな心配をしても、始まらないだろう。それより、あの榊原壮一郎と飛鳥悠子が、これからどうなるか楽しみだな。おれは二人が、よりをもどしそうな気がする。美寿実も含めて、気兼ねする相手はだれもいないからな」

それを聞いて、斉木が首を振る。

「まったく、おれも因果な部下を持ったもんだ。年寄りの色恋沙汰に、首を突っ込む暇があったら、試験勉強でもしろ」

「しかし、美しいじゃないか。焼けぼっくりに、火がついたりしてさ」

梢田が言うと、斉木はせせら笑った。

「それを言うなら、焼けぼっくいだ。松ぼっくりと、間違えるんじゃない」

梢田は、顎を引いた。

「松ぼっくりも、燃えるじゃないか」

「焼けぼっくいは、焼けぼっくいだ。ぼっくいは、棒杭《ぼうくい》のなまりだよ」

小百合がくすくす笑い、梢田はおおいにくさった。

「まあ、二人とも今のうちに、笑っとくんだな。近いうちに、おれは巡査部長さまだ」

斉木が、腕時計を見て言う。

「おっと、もう一時だ。勘定は、おまえが立て替えておけ」

梢田は目をむいた。

「冗談言うな。あんたが、大穴を当てたからおごると、そう言ったから」

斉木はそれを、さえぎった。

「そんな冗談を、真に受けるんじゃない。そもそも、管理職研修の成果を報告しようとしたのに、くだらん年寄りの色恋沙汰を持ち出すからだ。業務打ち合わせとは、さすがにいえないだろうが」

小百合が、ハンドバッグを引き寄せる。

「わたしが、クレジットカードで、処理しておきます」

斉木が、じろりと小百合を見る。

「まあ、五本松が伝票を切るというなら、ハンコを押してやろう」

そう言い捨てて、さっさと席を立つ。

その姿に、マネージャーが飛んで来て、深ぶかと頭を下げた。

勘定を払った小百合が、廊下に出たところでささやく。

「もちろん、行きますよね」

「どこへ」

「木曜日ですよ。どうあっても、先を見届けなくちゃ」

さっさと歩きだす小百合に、梢田は首を振りながら、あとを追った。

解　説

山田裕樹

このシリーズにまた再会できるとは私は思っていなかった。

軽妙な斉木斉《さいきひとし》&梢田威《こずえだたけし》のやりとりをまた聞けると思っていなかった。

この「御茶ノ水署」シリーズは、いわゆる「連作短編集」を四冊刊行した。そのあとに、長編『大迷走』を刊行したのだから、このシリーズは打ち止めだと思うのが自然ではないか。

作家も編集者もそう考えるはずである。

ところが、ありがたいことに、あの腐れ縁コンビが復活したのである。このコンビの初登場は、「百舌《もず》」シリーズよりも古く、昭和五十八年の「暗い川」にまでさかのぼる。逢坂剛の隠れロング・シリーズなのである。

さて、最初の「影のない女」。

いかにもこのシリーズらしく神田神保町《かんだじんぼうちょう》が細かく正確に書かれている。私も、この界隈《かいわい》には土地勘があり、作品のなかに懐かしい部分と変わってしまった部分が混在しており、とても感慨深かった。

相変わらず、斉木は小学校の時に自分をいじめた同級生で、今は直属部下の梢田をいじめ返し、梢田は斉木の魔手を逃れるために昇任試験を受けては、落ち続けている。

しかし、大学と古本と出版社の街、神保町である。質より量の学生相手の飲食店と、領収書さえ完備されていればどんな高い店にも突撃していく編集者相手の飲食店がこれまた混在しており、その特殊性は昔とあまり変わっていないと思う。

当然、新宿歌舞伎町《かぶきちょう》だのマニラだのNYブロンクスだのというような土地とは、起こる犯罪の悪さの質も違っているはずであり、そういう場所でも点数を稼がねばならぬという斉木&梢田の苦悩はつきることがないだろう。

しかし、もちろん事件は起こる。錐《きり》で延髄を一突きというだけが事件ではないのである。その背後にどういう「悪」が潜んでいるかが問題なのである。

しかし、ヒネリの効いた小技の巧《うま》さは相変わらず健在である。スペインものの長大な時間の流れや、公安ものの巨悪への挑戦ばかりが、逢坂作品の特質ではないのである。

そして、もうひとつ、このシリーズに途中乱入してきて、いきなり消えていったなんとも印象的なキャラクターが戻ってきた。

この帰還が何を示唆するのか、その興味は、本書全体の謎にもつながるので、後でさらに言及させていただく。

二番目の「天使の夜」。

この作品も、タウン誌の取材にまつわるトラブルから始まり、実は時間、空間のもろもろがささやかだけれど交錯していく、という逢坂剛の得意技であって、そもそもタイトルからして騙《だま》し絵なのである。

斉木&梢田+五本松小百合《ごほんまつさゆり》の物語だったはずなのに、このごろは梢田&五本松+斉木というふうに、微妙に作者の斬り口がシフトしたようだが、それはそれで意味のあるはずだ。いや、ない場合もありうるけれど。

ところで、作家が何を考えているか、あるいは何も考えていないとか、この駄文を書いている者は何をエラソーにと思う方がいるかもしれない。

弁解させていただくと、私は、出版社に就職し、文芸班に配属され、定年になるまでそこにいたからである。梢田のように、昇任試験に落ちまくってここに居続けたわけではない。単に、他部署からのヒキがなかっただけである。そもそも、出版社には、昇任試験などというややこしいものはない。

つまり、子供と学生と「作家のお守《も》り」以外の人生経験はなく、気がついたら年金生活者になっていたというわけだ。作家や小説のことだけは、門前の小僧レベルだが知ってはいる。

ちなみに、私が四十三年在籍した出版社は、神保町にあった。六十年を超える逢坂剛の神保町歴には、及ぶべくもないのだが。

三番目は「不良少女M」である。この作品と最後の表題作の二編を、通読した時に、あれ、と作者の意図をはかりかねて再読した。

ここからは、作品の内部に関わることを少し書かねばならないことをご了解願いたい。

「不良少女M」は、将棋がモチーフである。梢田たちの前に出現した「いっときも目を離せないような、不思議な引力」を持った少女と将棋との関わりが、人を食ったようなスピーディさでプロットは収斂《しゅうれん》する。

ところで、ご存じのように、逢坂剛の趣味は、広くて深い。フラメンコ・ギター、野球、ソフトボール（観戦ではなく実技である）、相撲、西部劇を中心とする映画、そして将棋。そのひとつひとつが、素人離れした腕前である、という事実がある。

将棋を例にとれば、雑誌の企画で、時の将棋界の頂点に立っていた米長邦雄名人と対決した。逢坂剛は無謀にも「平手《ひらて》で指す」という条件を出した。蛇足ながら普通、実力が上の指し手が大駒を落として戦う。平手とは、駒落ちなしで戦うことである。ところがこの非常識な対局は実際に実現してしまったばかりか、逢坂剛は米長名人に、なんと「待った」をさせてしまったのである。

嘘《うそ》ではない。なぜなら、私はその対局現場にいたからである。信じられない人は、集英社文庫『棋翁戦てんまつ記』を読みなさい。そこに客観的事実が書いてあります。失礼。話が逸《そ》れました。

逢坂剛の趣味のレベルが、いかなる山よりも高く、いかなる海より深いことの一例としてあげただけである。

さて、趣味の導入は表題作になった最後の「地獄への近道」という映画をモチーフとした作品でも続く。

逢坂剛が、映画に詳しいのは周知だが、やはり、ハリウッド西部劇についての知識の量と質は有名である。まるでウィキペディアが歩いているようなものである。

このタイトルを見れば、西部劇についての知識はゾンビが歩いているレベルの私でも、『地獄への道』という西部劇を連想する。この作品は当時の二枚目（死語ですね）スター、タイロン・パワーがアウトロー、ジェシー・ジェームズを演じた作品で、ヘンリー・フォンダ、ランドルフ・スコットという主役級二人を助演に従えて堂々と演じていた。

しかし、私はすでにこのタイトルで騙されていたのである。

確かに「地獄への近道」は映画のタイトルであったのだが、西部劇とはなんの関係もなかったのである。その映画をめぐる謎に、斉木斉、梢田威、五本松小百合のご存じトリオがまきこまれていくわけだが、その映画は、グレアム・グリーンの小説が二度にわたって映画化されたうちの二本目なのだという。あのジェームズ・キャグニーが監督し、ロバート・アイヴァースとジョーガン・ジョンスンなる二人が主演した一九五七年の暗黒映画なのだそうだ。

キャグニーはさておき、他の二人の俳優など聞いたこともない。嘘が混じっておるな、と思った。いや、こういう場合は、虚構というのだ。

どこまでが虚構でどこまでがそうでないのか、を知ろうとしてググってみたところ、いやいや。ウィキペディアを信じるならば、まったく嘘はなくすべて事実らしいのだ。

まったく作家は一筋縄ではいきません。さいわい編集者も元編集者も騙される快感は知っている。

趣味を導入した二つの短編の謎とは？

斉木は嘘をつかず、梢田は腕力を使わず、狂言回しに徹しているのである。あの007のイアン・フレミングに「ナッソーの夜」というジェームズ・ボンドが頭も拳も拳銃も使わずに、話を聞くだけ、という不思議な短編があるが、それを思い出した。

私が感じた謎とは、逢坂剛はこのシリーズをこれからどのように展開させようとしているのか、である。

趣味の導入をさらに増幅させ、前科者のチームと御茶ノ水署の面々がソフトボールの試合でもするのか。ちなみに、安部譲二の短編によれば、前科者たちは、塀の中で定期的にソフトボールの試合をしているのでかなり手強《てごわ》いかもしれない。

また、五本松が帰還させた新戦力や、なにかやりそうな将棋娘が斉木&梢田に合流し、さらに曲者《くせもの》を集めて「御茶ノ水アベンジャーズ」の方向に向かうのか。

しかし、その二択というわけでもなく、両方をやってしまう可能性もあるかもしれない。

というわけで、この作品集は、斉木&梢田&五本木が、これからどうなっていくか、という分水嶺《ぶんすいれい》を示唆する興味深い作品集になっている。

私は感じた謎の答えを知るためにも、早く次作を読みたいものである。

最後に、個人的な想《おも》いを述べるならば、本書は、紙媒体でない「ｗｅｂ集英社文庫」に連載され、ハードカバーを経ずに「いきなり文庫」として刊行されたことをあげたい。

作者が、ハードカバーの印税を放棄したのは、おそらく集英社側の事情があったのだろう。

逢坂剛は、吉川英治文学賞まで受賞した作家である。吉川本賞（吉川新人賞と区別するために、ギョーカイではこう呼ぶ）は、文壇すごろく（©船戸与一）における上がりである。こうしたポジションにある作家が集英社の無謀なお願いを聞いてくれた、というのは集英社と逢坂剛の関係が良好であることの証左である。

三十五年前に、『百舌の叫ぶ夜』で両者の関係を始めさせていただいた私が、ほっこりとした気分になったことを許されたい。

（やまだ・ひろき　ライター）

本書は、「ｗｅｂ集英社文庫」二〇二〇年十二月～二〇二一年四月に配信された連載をまとめたオリジナル文庫です。

集英社文庫

地獄《じごく》への近道《ちかみち》

2021年5月25日　第1刷　　定価はカバーに表示してあります。

著　者　逢坂《おうさか》　剛《ごう》

発行者　徳永　真

発行所　株式会社　集英社
東京都千代田区一ツ橋2-5-10　〒101-8050
電話　【編集部】03-3230-6095
【読者係】03-3230-6080
【販売部】03-3230-6393（書店専用）

印　刷　凸版印刷株式会社

製　本　凸版印刷株式会社

フォーマットデザイン　アリヤマデザインストア　　マークデザイン　居山浩二

ISBN978-4-08-744242-7 C0193